落ちこぼれぼっちテイマーは諦めません

AUTHOR
たゆ

ILLUSTRATION
スズキ

ルフト
パーティを組めず、
いつもぼっちで行動している
"テイマー"の少年。
なぜか魔物には好かれがち。
レモンクィーン
ヘリアンサスという花の妖精。
ルフトを慕うあまり、
時には過激な発言も……？
フローラルシャワー
キンギョソウという花の妖精。
全身鎧のおじいさん騎士。

ドングリ
真っ白な耳が特徴的な
シロミミコヨーテ。
ホワイトさん
癒し系スライム。
パーティの回復役。
アケビ
ドングリの娘(?)。
ルフトにじゃれるのが大好き。

登場人物紹介

第一章　ぼっちテイマー

「おー、ぼっちテイマー、相変わらず薬草摘みか？」

　ここは、リレイアスト王国にあるカスターニャの町の冒険者ギルド。今日もいつものように冒険者たちが僕をからかってくる。

「はい、僕はこれしかできませんから。でも、皆さんが魔物退治の依頼を受けてくれるおかげで、怖い魔物と遭遇せずに薬草が摘めるので助かってます」

　嫌味《いやみ》を笑顔でかわすのも慣れたものだ。

　僕――ルフトが冒険者ギルドに来てから一年、このやりとりをするのはすでに日常になっているのだから。

　僕がさっき〝ぼっちテイマー〟とからかわれていたことからわかるかもしれないけど、僕は一人で冒険者をしている。

でも普通、冒険者といえばパーティを組んで活動するものだ。では、パーティを組むにはどうすれば良いのかというと――

ギルドに置かれた掲示板に募集の紙を貼って、パーティに勧誘したり、逆に自分をパーティへ売り込んだりするのだ。なおその際、名前、性別、冒険者ランク、クラスの記載は必須となっている。

ちなみにクラスというのは職業みたいなもので、ソードマン、ウォリアー、メイジなどがある。今挙げたクラスは人気のものなんだけど、僕のクラスのテイマーは不遇職とされていて人気がない。

テイマーについてさらに詳しく説明すると、このクラスは動物や魔物を従魔《じゅうま》にして使役《しえき》できるという特徴を持っている。

一見使えそうだが、使役できるのは自分より弱いか、自分に対して忠誠を誓うものに限られてしまうので正直微妙だ。これがテイマーが役立たずと言われ、僕が〝ぼっちテイマー〟とからかわれている原因だったりする。

入口近くの人だかりを通り抜けようとすると、さっき僕をからかってきた冒険者がまた馬鹿にしてくる。

「ハッハッハッ！　冒険者が魔物を恐れてどうする。お前もここに来て一年だろう？　そろそろゴブリンくらい倒してみせろ、ぼっちテイマー」

「ははは……僕もそう思ってるんですけどね……」

ぼっちテイマー……そう呼ばれはじめたのはいつだっただろうか？

僕も好き好んで単独で冒険者をしているわけじゃないから、メンバー募集があるたびに応募はしている。

でも、毎回落選し続けているのだ。

もちろん応募だけじゃなく、自分でもパーティ加入希望の貼り紙を出している。それにもかかわらず、どのパーティからも一向に声がかからない。

これが超不人気クラスの現実なのだろう。


僕はいつものように彼らに愛想笑《あいそわら》いを浮かべてその場から離れると、薬草の採取依頼の精算のため、受付窓口に並ぶことにした。

日が落ちるだいぶ前に顔を出したのが良かったのか、三つある窓口はどれも混み合っていない。

僕が並んだのは、このギルドに初めて来た時に対応してくれた受付嬢、イリスさんの列だ。

イリスさんは濃い藍色《あいいろ》の髪に綺麗《きれい》な顔立ちのお姉さんで、冒険者たちからもの凄く人気がある。

仕事中に口説《くど》かれているのを何度も見たことがあった。

「あっルフト君、こんにちは」

「こんにちは、イリスさん。薬草の採取依頼の精算に来ました。あと、少しだけですが、牙《きば》ウサギと角《つの》ネズミの魔石《ませき》も買い取りをお願いします」

僕はリュックから取り出した薬草と牙ウサギと角ネズミの魔石を、イリスさんの前に置いた。魔石とは、魔物の体内にある核となる部分で、こうしてギルドで買い取ってくれるのだ。

すると、さっき僕に絡んできた冒険者がまたもやって来て、無遠慮に覗《のぞ》き込んでくる。

「おうおう、従魔もいないぼっちテイマーがいっちょ前に魔物狩りかよ?」

「そこ、うるさいよ。ルフト君、計算するからちょっと待っててね」

イリスさんが一喝《いっかつ》すると、その冒険者は大人しく引き下がった。イリスさんの不興《ふきょう》を買ってまで僕に構うつもりはないらしい。

まあ、彼が馬鹿にしてたように、僕に従魔がいないのは事実なんだけどね。

少しして、イリスさんが報酬《ほうしゅう》の銅貨が入った小さな袋を渡してくれた。僕が袋の中身を確認していると、突然イリスさんは悲しそうな顔をして言う。

「ルフト君、あのね……パーティの応募の件なんだけど、今回もダメだったわ」

掲示板のパーティメンバーの応募の結果はギルドの人が通達してくれるのだが、僕の場合は毎回イリスさんが伝えてくれていた。

「そうですか……いえ、予想はしていたので気にしないでください! 毎回ダメなのでもう慣れっこですし」

僕が明るくそう言っても、彼女の表情は暗い。どうやらイリスさんの話は、それだけではないようだ。

「それとね、何度か同じパーティに応募しているでしょう？　そのパーティから、ルフト君の応募を断るのが申し訳ないって声が上がってるんだ。それでギルドの職員みんなで話したんだけど、ルフト君からの応募はもう受けつけないってことになっちゃったの……ごめんね」

「えっ!?　そうなんですか……パーティ加入希望の張り紙も、ダメな感じですか？」

「うん……ごめんね、ルフト君」

声を震わせて、申し訳なさそうに言うイリスさん。

おそらくギルドは、これ以上僕がパーティ入りを望んでも叶わないと結論づけたんだと思う。

ひどい話だ。

でもまあ、それも仕方ないのかもしれない。なにせ僕は、いまだに冒険者ランクが最低のGランクだし、誰もが簡単にクリアする〝ゴブリン五匹の討伐《とうばつ》、及び魔石の回収〟というFランクの昇格試験に挑《いど》めてすらいないのだ。

せめて一匹でも従魔がいれば、状況は違ったかもしれないんだけど……

僕に従魔が一匹もいないのには理由があった。

✽

一年前——

「来るな、来るな、来るな！」

僕はそう叫びながら、木が疎《まば》らに生えた森の中を全力で走っている。

その日僕は、いつも薬草を採取している場所とは違うエリアに足を踏み入れていた。

このあたりの木陰《こかげ》には〝ネコワラビ〟と呼ばれる、猫のひげに似た細い葉をたくさんつけるシダ植物が自生している。ネコワラビは葉が開く前の若芽《わかめ》を採って茹《ゆ》でると殺菌《さっきん》作用を持つ成分が水に溶け出す性質がある。それが喉《のど》の痛みや咳止《せきど》めにも効果がある風邪薬として使えるのだ。

町で風邪が流行《はや》り出し、ネコワラビの買い取り金額は高くなっていたため、それにつられて採取にやって来たのだが……

こうして角ネズミに追いかけられている。

「もう何時間も走ってるんだから、バテてもいいだろ……」

僕は愚痴《ぐち》りながら走り続ける。

なんだかんだ本気で怖かった。

助けを求めようとあたりを見回すけど、他の冒険者の姿は見当たらない。

反撃しようにも、テイマーは攻撃魔法の使えない魔法職だし、それに僕の身長は約百四十センチと小さい。力もなく、弓は持っているけど動かない的《まと》にすらまともに当たらない残念な腕前だ。

あんな怖そうな顔をしたネズミの魔物に勝てるわけがないんだ。

徐々に僕の走る速度は落ち、角ネズミとの距離が狭《せば》まってくる。

もう体力の限界だ。

そう思って気を抜いた瞬間——地面から顔を出した木の根っこに足を取られ、派手に転んでしまう。

必死に顔を上げると、角ネズミはもう目の前まで迫っていた。

僕はやぶれかぶれになって、右の掌《てのひら》を角ネズミに向けてテイマーならではの特殊能力「従魔契約《じゅうまけいやく》」を試みる。

右手から光の鎖《くさり》のようなものが伸び、角ネズミの体を縛《しば》りつける。成功すれば、僕と角ネズミは共に光に包まれるはず……

しかし、光の鎖はそのまま砕《くだ》けて消えた。

直後、前に突き出していた僕の掌に角ネズミの角が突き刺さる。

僕は痛みを堪《こら》えきれず、大声を上げる。

「うわあーーー！」

血だらけになった右手を振って、角ネズミを突き放した。なんとか立ち上がって走り出したけど、さらに追撃を受ける。今度は左の太腿《ふともも》に角が刺さった。

でも、チャンスだった。

僕は左手で角ネズミの首を掴《つか》んで持ち上げ、血だらけの右手でナイフを抜く。そして角ネズミが死ぬまで、何度も何度もナイフを突き刺した。

――そうしているうちに気を失ってしまったらしく、その後のことはよく覚えていない。

✽

それ以来、僕は魔物に近づくことすらできなくなってしまった。

一年ほど経った今でこそそのトラウマは徐々に薄れてきている。でも、完全に払拭《ふっしょく》されたわけではない。

確かに、そんな役立たずがパーティに入れないのも当然か。いつも僕を担当しているというだけで、その話を伝える役目を任されてしまったイリスさんにも申し訳ないな……

そんなふうに思いながら、僕は目の前で悲しそうにしているイリスさんを見つめる。僕たちの話に耳を傾《かたむ》けているのか、ギルドの中はもの凄く静かだった。

このギルドの冒険者たちが、意地悪《いじわる》で僕をパーティに入れないのではないことはわかっていた。死と隣り合わせのこの世界で役立たずがパーティにいれば、そいつのせいで他の人たちが危険に晒《さら》される。

冒険者は遊びでできるようなものじゃないのだ。

町の人たちは、そんな僕に冒険者を辞めて危険のない仕事に就《つ》くよう何度も勧《すす》めてくれた。中には仕事を紹介すると言ってくれる優しい人もいた。

それでも僕は冒険者にこだわり——イリスさんは応援してくれていた。

そんなイリスさんが意を決したように言う。

「……もういいんじゃないかな？　冒険者だけが仕事ってわけじゃないし、ルフト君はこの一年間、いっぱい頑張ったよ」

彼女の両目から流れた涙が頬《ほほ》を伝い、ぎゅっと引き結ばれた口元を濡らす。

この町を選んで本当に良かった。イリスさんの涙で僕はそう思えた。

それでも——僕は冒険者でいたい。

僕が、こんなふうに冒険者に固執《こしつ》するのには理由があるのだ。

それは、一冊の絵本。

その絵本には、貧乏な冒険者が剣一本で英雄にまで上り詰める物語が描かれている。

これはおそらく両親がくれたものだ。

おそらく、としか言えないのは、僕は故郷の村を追い出された身で、なぜかその頃の記憶は断片的にしか思い出せないから。両親のことすらはっきり覚えていないなんて、自分でもどうかしてると思うんだけど……

とにかくこの絵本は、僕と家族との唯一の繋がりなのだ。

冒険者を続けることでその繋《つな》がりが保たれていると思うから、僕は誰になんと言われようと冒険者を諦められなかった。

「イリスさん、本当にありがとうございます。それでも……それでも僕は冒険者でいたいんです！だからまた来ます！」

いつの間にか僕は泣いていた。声を無理やり搾《しぼ》り出そうとしたせいで、その言葉は冒険者ギルド全体に響き渡ってしまった。

涙を堪《こら》えるイリスさんを見てるのが辛い。僕は、彼女から逃げるように冒険者ギルドを飛び出した。

後ろから聞こえた〝私だって言いたくなかったんだから……〟というイリスさんの声が耳にこびりつく。

「僕は本当に幸せ者だ……」

カスターニャの町を歩きながら、僕は涙を袖《そで》で拭《ぬぐ》った。

✽

カスターニャの町は、高さ十メートルの石壁で囲まれている。魔物が多く棲《す》まう、〝アリツィオ大樹海《だいじゅかい》〟に隣接した町ならではの強固な壁だ。

壁の外に出るためには、東西に二つある門のどちらかを通る必要があり、それぞれ兵士が交代で駐留《ちゅうりゅう》している。

顔馴染《かおなじ》みの兵士たちに泣き顔は見られたくない。そう思った僕は、人の少ない裏通りに入って涙が止まるまで待ち、いつも通り西門から町を出た。

実は、僕はこの町に来てからずっと宿屋を使わずに町の外で寝ている。

外といっても野外にテントを張るのではなく、テイマーだけが持つ特別な異空間〝従魔《じゅうま》の住処《すみか》〟を使っているのだ。

そこはテイマーとその従魔だけが入れ、従魔の性質や大きさ、数によって様々な形に変化する。

今の僕の従魔の住処は、縦横二十メートル四方の白い壁に囲まれ、高さは十メートルくらい。下は床ではなく土の地面で、芝生《しばふ》のような草が生えている。

密閉された場所なのに煙がこもらないため、火も問題なく使える。

小さいけれど泉まであって、この泉に『鑑定』魔法を使うと〝妖精の泉《フェアリーウェル》〟と出てくる。残念ながら妖精にはまだ出会ったことはないんだけどね。

一応、ベッド、タンス、テーブル、椅子《いす》も置いてあり、隅《すみ》にはトイレもある。こうした家具類は備え付けではなく、僕が中古のものを少しずつ買い集めた。

従魔の住処は一人で暮らすには十分な広さで、一年中暑くも寒くもならない、かなりの快適空間だ。もしこの場所に僕以外の人間も入れたなら、僕は今のようにぼっちテイマーとは呼ばれず、イリスさんを泣かせることもなかったと思う。絶対安全な空間をどこにでも用意できれば、冒険者から重用《ちょうよう》されるに決まっているからね。

ただ、この空間のおかげで僕は宿代の節約ができているわけで、これ以上の贅沢《ぜいたく》を言ってはいけないだろう。

ちなみに、もちろんデメリットもある。

一度中に入って閉じた扉は同じ場所でしか開けられないのだ。そのため、待ち伏せを受ける危険性を考慮《こうりょ》して、扉を開ける場所を決める必要があったりする。

アリツィオ大樹海の端っこにあたる森に入った僕は、周囲に人目がないのを確認して従魔の住処の中へと入った。

✻

朝起きると、僕は早速朝食の準備をはじめた。

竈《かまど》の上で熱した鉄板に、ナイフで薄く切ったハムをのせて卵を割り落とす。ハムと卵が焼ける匂いと音に、僕のお腹が大きく鳴る。

パンをスライスして軽く表面を焼き、ハムと卵を挟んで齧《かじ》りついた。

朝食の後、椅子に座って一息つくと、僕は昨日のことをふと思い出した。

冒険者ギルドにノーと言われたのだから、僕がパーティに入れてもらうのはもう難しいだろう。

ちなみに冒険者ランクがGのままだと、そのうちギルドが強制的に僕の冒険者資格を剥奪《はくだつ》するかもしれないらしい。

だからこそ魔物とたくさん戦って強くなる必要があるんだけど、雑魚《ざこ》モンスターのゴブリンでさえ僕にとっては強敵だ。

テイマーである僕が今後も冒険者を続けていくには、たくさんの魔物と契約して、その従魔たちとパーティを作るしかないと思う。

まずは——ランク昇格試験の討伐対象であるゴブリン五匹を一緒に倒してくれる従魔を探そう。

僕はそう決意して、森を探索《たんさく》することにした。


僕が仲間にしたい従魔は、頼りになり、見た目が怖くない、牙ウサギと角ネズミ以外の魔物だ。角ネズミを避けるのはトラウマっていうのもあるけど、そもそもこの二匹は従魔にしにくいと言われている。

僕は茂《しげ》みを掻《か》き分けつつ、ひたすら弱い魔物を探していく。

なぜ茂みの中を探すのかといえば、僕より弱い魔物がいそうだと思うから。そういった弱い魔物は、きっと他の魔物や人間たちから身を隠しているはず。

ということで、茂みをがさごそやっていると、ふと目の前の景色に違和感を覚えた。茂みの奥深く、とても日当たりの悪い場所に、数本の赤い花が咲いていたのだ。

なぜこんな日当たりの悪い場所に……？

なんの花か気になったので、僕は近づいて『鑑定』の魔法を唱えた。

【キンギョソウ】
種族：キンギョソウ
性質：日当たり、水はけの良い環境を好む植物。

日当たりの良い環境を好む植物が、こんな場所に咲いていることに、ますます違和感が強くなる。

その時――

（そこのお方、私たちはこのままだと枯《か》れてしまう、助けてもらえないだろうか？）

びっくりしたあ……頭に直接響くように声が聞こえてきたよ。

気を取り直してよく見てみると、数本のキンギョソウのうちの一本が風もないのに揺れていた。

今度はその花だけに向けて、『鑑定』を唱える。

【何かが宿っているキンギョソウ】
種族：キンギョソウ

補足：明らかに怪しい花だ。

明らかに怪しいとまで言われれば、確かめないわけにはいかない。僕は思いきって声の主《ぬし》に声をかけてみた。

「キンギョソウさん、僕の声は聞こえますか？」

（聞こえている。私たちを助けてくれないだろうか？　美味《おい》しい土と清《きよ》らかな水のある場所へ連れていってほしい）

ちょっと話しかけただけなのに、いきなり移植先の注文までつけてきたよ、このキンギョソウ。

キンギョソウの要望に応えてあげるかどうかは別として、そんなに都合良く養分たっぷりの土《ど》壌《じょう》なんて見つかるかな？

僕は少し考えて、その場所がごく身近にあるのを思い出した。

従魔の住処だ。

あそこは土を耕《たがや》して植物を植えると、その生態が変化したり、成長が異常に早くなったりする。

それを初めて意識したのは、テイマーのクラスを授けられて間もない頃だったと思う。

従魔の住処という自分だけの部屋を手に入れて大はしゃぎしていた僕は、大人たちの目を盗《ぬす》んでは、入り浸るようになっていた。

そんなある日、僕は食べ終えたリンゴの種を従魔の住処の地面に埋《う》めてみた。そうしたら驚くことに、すぐに芽が出て半年後には僕の背よりも大きな木になったのだ。

リンゴの木を植えてから約一年、ちょうど僕がカスターニャの町に来た頃には、大きく生長した木に真っ赤な実がなった。

一度に採れる実こそ少なかったものの、その実はとても瑞々《みずみず》しかった。さらに収穫した二ヵ月後には、また必ず真っ赤な実がなる。

梯子《はしご》に登りながらの収穫は大変だったけど、〝従魔の住処産のリンゴ〟は甘くて品質も良かったので、売れば結構なお金になった。

その他にも色々な種を使って試してみたのだが、ただ穴を掘るだけじゃなく、きちんと土を耕した後に種を植えると、植物の生長が早まることがわかった。

しかも、従魔の住処の土は、同じ土地で同じ作物を作り続けると収穫量が減ったり病気になったりする連作障害《れんさくしょうがい》が起きない。

そのおかげで、主食にもおかずにもなる万能芋ジャガイモと、円錐状《えんすいじょう》でオレンジ色が鮮やかな野菜バースニップも定期的に収穫できている。

根を抜かずに葉だけを使う薬草なども、種類により多少生育の時間が前後するが、葉の部分を収穫して三日経つと、また同じように立派に育つことも判明した。

そんな従魔の住処の素晴らしさを——僕は喋《しゃべ》れるキンギョソウさんに説明してあげた。すると、彼は〝ぜひそこに連れていってほしい〟と懇願《こんがん》してきた。

そうそう、花には口がなく、どうやって喋っているのか不思議だったので聞いてみたら、『念話』で話しかけているそうだ。

ともあれこれは僕にとってチャンスだ。

「キンギョソウさん、従魔の住処に入るには一つ条件があるんです」

(ふむ、その条件とは?)

「はい、そこに入れるのは僕の従魔だけなんです。どうしましょうか?」

ややあって、キンギョソウは返事をした。

(私たちを救ってくださるなら、私はあなたに従おう)

「ありがとうございます! これからよろしくお願いしますね」

するとその時、僕の右手から光の鎖が伸び、キンギョソウさんと繋がる。そして僕たちを淡い光が包み込んだ。

初の従魔契約が成功した瞬間だった。

キンギョソウさんには、従魔にならないと従魔の住処に入れないと勢いで言ってしまったけど、そういえば植物は普通に持ち込めるんだよね、忘れてたよ……従魔になってほしくて騙《だま》したわけじゃないってことは、強く言いたい。

僕は約束通りキンギョソウさんたちを全て掘り起こして、従魔の住処に運ぶ。早速移植すると、殺風景《さっぷうけい》だった部屋の印象が赤い花のおかげでだいぶ変わった気がする。

やっと僕にも一匹目の従魔ができたよ。

でも、キンギョソウさんじゃゴブリンには勝てないよな……花だし。まあ、とりあえず喜ぼう。真っ赤な花は綺麗だし癒《いや》されるからね。

気分が良くなった僕は、魔物探しを続けようと従魔の住処を出ることにした。しかし、その時、従魔にしたキンギョソウさんが話しかけてきた。

（お待ちください主様《あるじさま》。私もご一緒いたします）

キンギョソウがどうやってご一緒するのだろうと、興味津々《きょうみしんしん》で見つめていると――

キンギョソウの前に突然、身長六十センチくらいの、真っ赤な全身鎧《ぜんしんよろい》を着た小さな騎士《きし》のおじいさんが現れた。

（私はキンギョソウの妖精《ようせい》です。名前はまだないため名乗れませんが、契約通り主様に一生お仕《つか》えいたします）

おお、〝何かが宿っているキンギョソウ〟と鑑定で出ていたけど、妖精が宿っていたのか。初めての従魔が妖精とは幸先《さいさき》が良すぎだろう。よくわかんないけど、なんかテンションが上がる。

キンギョソウの妖精から、名前のリクエストがあったため、僕は彼に〝フローラルシャワー〟と名付けた。理由はなんとなくだけど、とても合ってる気がする。

僕の中で花の妖精といえば、ピクシーという羽根のついた女性のイメージが強かったので、そのあたりについて聞いてみた。

彼が言うには、ピクシーは植物系の妖精らしく、植物の種類によりその見た目も性質も変わるらしい。犬や猫にも様々な種類がいるようなものだそうだ。

それは他の魔物にも共通するみたいで、英雄と呼ばれるほどの力を持ったゴブリンがいてもおかしくないとのこと。人間はゴブリンを弱い魔物と侮《あなど》るがそれは危険なのだと、フローラルシャワーは教えてくれた。

この妖精、随分と物知りみたいで、僕は感心していた。

（主様は従魔を探しているのでしたな。この従魔の住処の土と水は、我ら植物に宿る妖精にとって御馳走《ごちそう》。探すならばピクシーか、虫の妖精であるスプリガンが良いでしょう）

フローラルシャワーとの契約で、僕の妖精との従魔契約の成功率は二割増しになっているのだという。また、キンギョソウの妖精は火の精霊《せいれい》やドラゴンとの結びつきが強いので、そういった魔物との契約にもプラスに働くのだそうだ。

ドラゴンという名が出たけど、ドラゴンとは力の差がありすぎて、まったく従魔にできる気はしない。そもそもドラゴンは数が少なく、冒険者をしていても一生に一度会えるかどうかも怪しい魔物なのだ。

ちなみに全ての植物に妖精が宿っているわけではなく、フローラルシャワーのようにきちんとした形を持つ妖精を宿したものはごく稀《まれ》らしい。

それでも、土地自体が強い魔力を持つアリツィオ大樹海なら、そういう植物が他にもいるかもしれないという――

僕はそれに賭《か》けてみることにした。

✽

初めて従魔契約が成功してから数日――

僕とフローラルシャワーは引き続き、樹海の浅瀬《あさせ》で新たに従魔になってくれそうな妖精を探していた。

アリツィオ大樹海は、〝世界《せかい》の果《は》て〟と呼ばれる山脈地帯に近い方から、深域《しんいき》・中域《ちゅういき》・浅瀬に分かれ、各地域の間には魔力の溝《みぞ》みたいなものがある。アリツィオ大樹海の中でも、人の手が加わった平地との境目周辺は〝浅瀬〟と呼ばれ、僕らGランクの冒険者でも探索を許されているエリアだ。

僕が探索しているのは浅瀬で、その中でも外から一キロ以内のとりわけ安全な、〝樹海の入口〟と呼ばれる場所だ。

ここならいきなり強敵に出会う心配はないからね。

僕たちは、たまに遭遇する牙ウサギや角ネズミを狩りながら、茂みの中に入って妖精が宿っていそうな植物を探していく。

牙ウサギは、骨と内臓以外の肉や毛皮などを買い取ってもらえるため、倒してすぐに解体する。僕みたいな低ランクの冒険者にとって牙ウサギは重要な収入源なのだ。

誰でも倒せる牙ウサギの素材がなぜ収入源になるのか——その理由は、冒険者の多くが中域の入口にある〝南のキャンプ地〟にこもっていることにある。彼らは、雑魚《ざこ》モンスターの素材の売買のためにいちいち町に戻らないので、そうした素材には意外と需要があるのだ。

そんなわけで、僕のように定期的に町に顔を出し、新鮮な牙ウサギの肉や素材、薬草を卸《おろ》す冒険者は、なかなかありがたい存在らしい。

その一方で、角ネズミの素材は売り物にならない。あまりお金にならない角ネズミたちとは、できれば会いたくないというのが僕の本音だ。

そう考えたりしながら探索していると、どこからか獣《けもの》同士が争う音が聞こえてきた。

一つは聞き慣れた角ネズミたちの威嚇《いかく》の声。もう一つは狼《おおかみ》っぽい唸《うな》り声《ごえ》だ。

魔物や動物は基本的に人より耳や鼻がいいため、こちらに気付いているかもしれない。

僕は念のため、人の匂いを隠す香草《こうそう》の粉を体に振りかけてから、魔物たちの声が聞こえてきた方へゆっくりと近づく。

魔物たちまで残り四、五メートルといったところで木の陰に隠れ、音を立てないように覗き込む。

木の枝が邪魔《じゃま》ではっきり見えないけど、角ネズミが七から八匹と、それらに囲まれた犬型の獣が二匹いるのがわかった。

その犬型の獣は狼と違い、耳は白く、顔はやや狐《きつね》寄りだった。一匹は角ネズミよりやや大きい七十から八十センチくらい。もう一匹は二メートル近くあるだろうか。

フローラルシャワーが僕に尋ねてくる。

(主様、あれは狼でしょうか?)

「いや、たぶんシロミミコヨーテかな。アリツィオ大樹海にはいない獣だから、餌《えさ》を求めてここまで来たのかもしれないね」

フローラルシャワーは魔物には詳しいけど、動物には疎《うと》いようだ。

それはさておき、よく見ると二匹のすぐ側で、シロミミコヨーテ三匹が倒れているのがわかった。

角ネズミは倒した魔物を細かくして巣に持ち帰る習性がある。おそらく残り二匹を先に仕留めてから、まとめて持ち帰ろうという算段なのだろう。

僕は弓に矢をつがえ、角ネズミを狙う。

フローラルシャワーが不思議そうに僕を見た。

（主様、あの狼のような獣を助けるのですか？）

「助けるというか――シロミミコヨーテが昔の自分と重なってしまったんだ。僕がこの町に来てすぐの頃、薬草採取中にあのネズミに殺されかけてね。あの角が腿《もも》に刺さった時は、地面を転がりながら泣き叫んだよ」

僕は弱い。それでもあの出来事以来、自分の身を守るために弓の練習だけはたくさんしてきたんだ――

この距離なら外さない。

そう思って放った矢は、一匹の角ネズミの体を正確に射貫《いぬ》いた。

直前にフローラルシャワーが僕にかけてくれた『妖精《ようせい》の息吹《いぶき》』も功を奏したみたいだ。『妖精の息吹』は、対象の興奮状態を少しだけ高める魔法だ。これにより、いつもより自信が持てたのだろう。

残りの角ネズミが、倒れた仲間の死体に噛《かじ》りついている。

これだから角ネズミは……

やれやれと思いながら、僕はあらかじめ地面に刺しておいた矢を抜き、二射目を放つ。二匹目の角ネズミが矢を受けて倒れたところに、フローラルシャワーがダガーを持って飛び込んだ。僕も武器を弓から少し長めのナイフに持ち替えて近づく。

ちなみにこのナイフは、カスターニャの町に来た際に兵士たちに貰ったものだ。ダガーとナイフの違いは僕にはよくわからないけど、フローラルシャワーが使っているものは、普通のナイフよりも刀身が少し厚くて頑丈《がんじょう》そうである。

そのフローラルシャワーの奮闘《ふんとう》で、僕が追いつく頃には角ネズミは残り二匹まで減っていた。フローラルシャワーは見た目は小さなおじいさんだが、なかなか強いな。

まあ、自分より大きなドラゴンや巨人を倒す人間だっているのだから、必ずしも強さと体の大きさが比例するわけじゃないか。僕とフローラルシャワーが木剣《ぼっけん》で模擬戦をやったら、絶対僕が負けると思うし。

その後、あっという間に、二人で全ての角ネズミを片付けた。

僕はその場を動けずにいるらしい二匹のシロミミコヨーテに話しかける。

「大丈夫？」

動物なので、もちろん言葉は通じない。

二匹のシロミミコヨーテは僕らを怖がっているのか、全く動こうとしなかった。

ふと、近くに倒れていた三匹のシロミミコヨーテを確認すると、もう息絶えていた。

少しして僕たちが攻撃してこないとわかったみたいで、シロミミコヨーテは警戒を解《と》いた。二匹は悲しそうな声を出しながら死んだ三匹の死体に擦《す》り寄る。角ネズミにつけられたのだろう、二匹の体には傷が目立つ。僕は二匹の傷口を洗い、血止めの効果があるクロヒバという植物を乾燥《かんそう》させて粉末状にした物を水で溶き、塗ってあげた。

傷にしみるはずなのに、二匹は一切嫌がる素振《そぶ》りを見せない。我慢強い、賢い子たちだと思う。

二匹はだいぶ痩《や》せているように見えたので、僕は角ネズミの死体を解体し、その肉を二匹の前に置いてみた。〝これ食べていいの？〟とばかりにこちらを見上げるので、僕は頷く。すると、よほど空腹だったのか、夢中で目の前の肉を食べはじめた。

しばらく食べておらず弱っているところを、角ネズミに襲われたとかかな。シロミミコヨーテにはゴブリンを相手取るくらいの力はあるはずだし。

「血が止まるまで傷を舐《な》めないようにね」

言葉は通じないとわかっていても、思わず話しかけてしまう。

その後、穴を掘って息絶えていた三匹のシロミミコヨーテを埋葬《まいそう》した。

「さて、少しだけ寄り道しちゃったけど、また妖精の宿った植物を探すとしますか」

休憩を終えた僕は腰を上げる。

僕たちが歩きはじめると、助けた二匹のシロミミコヨーテが、僕たちの後ろをてくてくとついて来る。フローラルシャワーがそちらを見ながら僕に言った。

(主様、あの二匹は私たちと一緒に来たいのではないのですかな)

僕は腕を組んで首を捻《ひね》る。

「そうなのかな？　でも動物って飼ったことがないんだよね。一人で生きるだけでいっぱいいっぱいだったし、ちゃんとお世話できるかな」

(なんとかなると思いますぞ。動物を従魔にするテイマーもいるのですし)

「そうだよね。狼なんかは賢いから、従魔にして家畜《かちく》の世話に役立てているって話はよく聞くし」

(ならば、あの二匹を従魔にしてもいいのでは？)

「うーん、確かにずっと後をついて来られても困るし、そうしようかな……仲間は多い方が楽しいし」

僕は二匹のシロミミコヨーテに顔を向けると、声をかけた。

「一緒に来たいのなら、おいで」

僕の言葉がわかったのか、二匹は勢いよく走り寄ってきた。そして、いきなり寝転がって腹を見せてくる。

なんだこの奇妙な行動は……もしや、森の中で生きていけないからひと思いに腹を刺してくれってことか？

僕の考えを読み取ったかのように、フローラルシャワーが教えてくれる。

（主様、獣が腹を見せるのは〝殺してくれ〟ではなく、自らの弱点を見せて服従を表しているのですぞ）

「そうなの？　初対面の人間に弱点を晒すなんて、獣の気持ちはわからないなあ。でもそれなら、さっさと契約して従魔の住処に戻ろうか。日も落ちはじめてるし」

（そうですな。今日も結構歩きましたし）

フローラルシャワーの時と同じように右手をかざすと、光の鎖が二匹のシロミミコヨーテと繋がり、従魔契約の成立を示す淡い光が僕たちを包み込んだ。

ちなみに従魔契約には二種類ある。

自分より弱い相手を力で押さえつけ従わせる方法と、お互いが共にありたいと望んで仲間になる方法だ。

その二つは光の鎖の現れ方が違っていて、前者は相手を拘束《こうそく》するように光の鎖が巻きつく。後者は、テイマーから出た光の鎖が、お互いを結ぶように綺麗に繋がるのだ。

フローラルシャワーの時も今回も後者で、お互い望んだ形での従魔契約だった。

「君たちは今日から僕の家族になるんだ。よろしくね」

「ガウ、ガウ！」

頭を撫《な》でてやると、二匹は僕を押し倒してじゃれはじめた。

じゃれるのはいいんだけど、角ネズミの生肉を食べた後に僕の顔を舐めるのはちょっと勘弁《かんべん》してくれないかなあ……口がかなり血なまぐさいよ。

こうして二匹のシロミミコヨーテは、契約を交わして僕の従魔となった。

名前は大きい方が〝ドングリ〟、小さい方が〝アケビ〟。

名付け親は僕ではなく、フローラルシャワーだ。

木の実の名前から付けたのだという。なんでって思わなくもないけど、良い名前だし突っ込むのはやめておこう。

そうそう、ドングリとアケビは男の子ではなく女の子だった。彼女たちが親子なのかはわからないけどね。

そんなちょっと賑やかになったメンバーと一緒に、僕はひたすら妖精の宿った植物を探す。

しばらく探索してみて、僕は大きな収穫に気付いた。

ドングリとアケビは耳と鼻が良いので、牙ウサギと角ネズミの接近がすぐわかるのだ。そのおかげで戦闘がとても楽になった。

それと、背が低くて僕の歩く速度に合わせるのが大変そうだったフローラルシャワーが、二匹の

背中に乗って移動できるようになったのも大きい。真っ赤な全身鎧でドングリやアケビに跨《また》がる姿は、まさしく騎士って感じだ。

今は僕が角ネズミの角で作った、クォーターパイクと呼ばれる短槍《たんそう》を抱えているから、なおさら騎士っぽい雰囲気が出ている。

なんだかんだ、パーティっぽくなってきたかな……

✽

ドングリとアケビが仲間になってから数日後。

それを見つけたのはアケビだった。

アケビは〝ウォーーーーン〟と吠《ほ》えて僕たちを呼んだ。

二匹と暮らしてわかったのは、コヨーテの鳴き声はなかなかうるさいということ。朝起きられず寝坊《ねぼう》しがちな僕を起こすため、フローラルシャワーがわざと彼女たちを吠えさせるほどだ。

おじいちゃん妖精は色々と機転がきくよ、本当に。

とりあえずアケビの呼ぶ方に行ってみる。するとそこには、この樹海には不釣り合いなほど鮮やかな黄色い花が咲いていた。

「綺麗な花だね……でもここにあるのはなんとなく不自然かも」

僕がそう言って首を傾げていると、フローラルシャワーが口を開いた。

（ほう、これはヘリアンサスですな）

さすがフローラルシャワー、花の妖精だけあって植物に詳しい。

ヘリアンサスは高さ一メートルほどの草丈《くさたけ》に、ヒマワリを小さくしたような黄色い花をたくさん咲かせる花だ。フローラルシャワー曰く、花言葉は〝活発〟で、その言葉は花の雰囲気《ふんいき》にもぴったり合っている。

妖精が宿っている植物かどうかを調べるため、早速『鑑定』を使う。

【何かが宿っているヘリアンサス】
種族：ヘリアンサス
補足：これは当たりだね。

僕は〝よーしよし、よくやった〟とアケビの体を撫でてやる。それを見たドングリが〝私も私も〟とじゃれてきたので、僕は二匹まとめて撫でまわした。

シロミミコヨーテって確か獰猛《どうもう》な肉食獣だよなあ……と思いながらも、じゃれてくる動物は種族にかかわらず可愛いので仕方ない。

ヘリアンサスに仲間になってもらう交渉は妖精同士の方が良いと思って、フローラルシャワーに丸投げ——ではなくお願いする。その間僕は、ドングリとアケビと遊びながら待つことにした。

しばらくして、フローラルシャワーが僕のところに戻ってきた。

(主様、話がつきました。ヘリアンサスの妖精も従魔の住処への移植を望んでおります)

「ありがとう、フローラルシャワー。じゃあ、契約といきますか」

早速僕は、ヘリアンサスの花に右手を向けて話しかける。

「君は本当に僕との契約を望んでいるの？」

すると、黄色い花は風に吹かれてもいないのにゆらゆらと揺れ、僕の頭の中に声を響かせてきた。

『念話』だ。

(はい。キンギョソウの妖精があなたは素晴らしい人間だと話してくれました。私も信じます。花の妖精は同族には決して嘘《うそ》をつきませんから。何より従魔の住処の土と水は絶品といいますし、私も許されるのであれば、移植を望みます)

「ありがとう。君が新しい家族になってくれるのは僕も嬉しいよ」

僕の右手から伸びた光の鎖が、ヘリアンサスに繋がる。淡い光が僕とヘリアンサスを包み込んで、従魔契約は成立した。

ヘリアンサスは、キンギョソウが咲く花壇の横に移植した。

赤い花の横に並んだ黄色い花を見ると気持ちが穏《おだ》やかになる。やっぱり花は癒しだよね。

その後すぐに――

ヘリアンサスの前にフローラルシャワーより少しだけ小さな、とても活発そうな女の子が現れた。

見た目は十代半《なか》ばほどで、黄色のぴったりした装いをしている。

(はじめまして主様、私がヘリアンサスの妖精です！　これからよろしくお願いします。あと、ぜひ私にも名前をつけてください！)

元気いっぱいのヘリアンサスの妖精にお願いされ、僕は思案する。

「うーん、名前か……〝レモンクィーン〟っていうのはどうかな？」

(素敵《すてき》な名前ですね！　ありがとうございます、主様)

彼女はそう言って、嬉しそうに笑ってくれた。

名前をつけたのはいいけど、フローラルシャワーもレモンクィーンもちょっと長いかな。うん、利便性も考えて、フローラルシャワーは〝フローラル〟、レモンクィーンは〝レモン〟と呼ぶことにしよう。

そういえば、テイマーが従魔と契約した場合、冒険者ギルドへの登録義務があるんだよね。有料だけど。

従魔登録には、テイマーという役立たずクラスの有効活用のために、どんな魔物と契約が可能なのか確認する意味があるらしい。

はあ、面倒だな。それに、イリスさんを泣かせたまま飛び出してきちゃったんだよね。ギルドに顔を出すのはとても気まずい。

でもいつかは行かなくちゃいけないんだ。腹を決めよう。

こうして僕は、数日ぶりにカスターニャの町に戻ることを決めた。

✽

およそ一週間ぶりにカスターニャに来た僕は、町に入るために西門の入口に向かった。フローラルたちは従魔の住処で留守番《るすばん》だ。

僕の姿を認めた顔見知りの西門の兵士、ウーゴさんが声をかけてくる。

「おお、ルフトか。久しぶりだな。イリスちゃんらがお前が戻っていないか何度も聞きに来たぞ。あんまり町のみんなに心配をかけるなよ」

あんな形で飛び出した後、一週間も姿を見せなかったため、色々な人を心配させてしまったみたいだ。いつもなら二、三日に一度は町に顔を出していたからね。

僕は〝すみません、迷惑かけちゃったみたいで〟と頭を掻きながら謝った。あと、お詫《わ》びの印でもないが、従魔の住処で採れたリンゴの実がいっぱい入った袋を手渡しておいた。

それにしても――

イリスさんの様子を聞いてしまうと、ますます冒険者ギルドに顔を出しにくいな。イリスさん怒ってるかなー……

冒険者ギルドに向かう足取りがとても重い。

頭がごちゃごちゃして、このまま何事もなかったかのように従魔の住処に引きこもりたいという衝動《しょうどう》に駆《か》られる。しかし、こういうことは後に延ばせば延ばすほど、行きたくなってしまうものだ。この町に来てから一年が過ぎて僕も十一歳になったし、少しはしっかりしないと。

気合を入れる意味で自分の両頬《りょうほほ》を叩く。

考えがまとまらないうちに、いつの間にか冒険者ギルドに辿り着いていた。深呼吸をして扉に手をかける。

日頃荒《あら》くれ者《もの》たちが使うだけあって、冒険者ギルドの扉は少々のことでは壊れないようになっている、やたら頑丈で重い扉なのだが――今日はそれが一段と重い。

室内に入ると、すぐに視線を感じた。僕は発生源と思しき場所――受付に目を向ける。

その瞬間、息が止まるかと思った。

いつもにこにこ笑っているイリスさんの表情が、とても怖い……

本気で逃げ出したくなったが、なんとか踏みとどまる。

それでも僕はすぐには受付に行けず——誤魔化《ごまか》すように〝さて、依頼、依頼……〟と独り言を呟きながら、依頼の貼られた掲示板の前に移動する。

こっそりイリスさんの方を窺《うかが》うと、ばっちり目が合ってしまった。もっと混んでる時間に来るべきだったと僕は後悔する。

その時、一人の男がこちらに近づいてきた。

「よう、ぼっちテイマー、久々だな。随分色んな人を心配させてるみたいじゃねーか」

そう言って笑いながら僕の頭をぐりぐり撫でてくるのは、この町の高ランク冒険者の一人、Bランク冒険者のグザンさんだ。

「グザンさん、お久しぶりです。僕も心配させたくてあんな行動をとったわけじゃないんですよ……不可抗力《ふかこうりょく》なんですから」

グザンさんの近くには同じパーティのメンバーで、Bランク冒険者のアンドレさんとライアンさんがいた。

彼らのパーティ〝暴走《ぼうそう》の大猪《おおいのしし》〟は、この町のトップランクパーティだ。

パーティメンバーみんなが身長二メートル近い筋骨隆々《きんこつりゅうりゅう》の大男なので、人間じゃなく巨人の血を引いているのでは？　と思ってしまうくらい全員体格が良い。

特にリーダーのグザンさんの迫力は凄い。

きらりと輝くスキンヘッドに立派な口髭《くちひげ》、動きやすさ重視のワンショルダーの革鎧《かわよろい》を身にまとっている。長さ百五十センチはある鎚《つち》の大きなウォーハンマーを持つ姿は、見ただけで大半の魔物たちが逃げ出してしまうんじゃないだろうか。

グザンさんの革鎧は、僕のとはまったくの別物で、おそらく強い魔物の革で作られているのだろう。黒くて光沢《こうたく》があり、とても硬《かた》そうだ。

彼のパーティの報酬単価はかなり良く、月にたった数回依頼を受けるだけで生活できるらしい。だから依頼も受けずに、こうして冒険者ギルドに入《い》り浸《びた》っていることが多いという。

普通そんなことをしたら冒険者ギルドから睨《にら》まれてしまうが、彼らは若手冒険者たちに稽古《けいこ》をつけるなど、新人の育成に貢献《こうけん》しているから大目に見てもらっているとのことだった。

僕はグザンさんたちにリンゴを差し出して言う。

「もし良かったら、これ食べてください」

「おお、悪いな坊主。坊主のくれるリンゴは味がいいから大歓迎《だいかんげい》だ」

早速アンドレさんが豪快《ごうかい》に噛りついた。

そんなふうにグザンさんたちと少し談笑した後、ようやく決心した僕は受付へ向かう。

イリスさんの目は相変わらずで表情も怖い……

受付窓口は混んでいる時には長い列ができるのだが、今日は残念なことにもの凄く空《す》いていた……本当に残念だ。

僕は覚悟を決めて、窓口に並ぶ。

動物的な本能が働いたのだろうか。無意識のうちにイリスさんの受付ではなく、普段あまり並ばないセラさんのところに並んでしまっていた。

人間だって動物だからね。本能に従うのも大事だ、うん。

ところが――

「ルフト君、あなたはこっちでしょ」

「ハイ……」

ギルドはいつもより静かで、イリスさんの声は良く響いた。

僕はとりあえず返事をして、イリスさんのところに並び直した。

まあ、並んでいるのは僕一人だけど。

「……イリスさん、お久しぶりです。従魔の住処でリンゴが採れまして……もしよかったらギルドの皆さんで食べてください」

イリスさんと目を合わせないようにしながら、リンゴがたっぷり入った袋を渡してみた。

大きな袋のおかげでイリスさんの顔を見ないで話ができそう——と思ったのが甘かった。イリスさんはすぐにリンゴが入った袋を後ろにどけてしまう。

「ルフト君、目を逸《そ》らさない」

「はひ」

思わず噛《か》んでしまった僕はゆっくりと顔を上げ、イリスさんの目を正面から見つめた。

彼女の目には言い訳を許さない迫力があった。今まで出会ったどんな魔物よりも凄みがある。

「ルフト君、私に言うことがあるんじゃないのかな？　あの日からずっとギルドに来ていなかったでしょ。東と西の門の兵士さんたちに聞いても町に戻ってないって言うし」

「イリスさん、心配をかけてすみませんでした」

謝るが勝ちと思った僕は、謝罪の言葉と同時に頭を大きく下げた。そのまま心の中で十秒数えてから、もう大丈夫かなとゆっくり顔を上げる。

その瞬間、僕の両方の頬《ほ》っぺたをイリスさんが掴んでくる。

「これふぁなふですか（これはなんですか）」

「頭を下げるくらいじゃ許しませんよ。いいですか、ルフト君。あなたが冒険者に思い入れがあるのを知りながら、私は諦めろと冷たく言いました。もちろん申し訳ないと思っています。でも、私も辛かったんです。わかりますか？　私は泣きながらあの言葉を言ったんです。あなたは女の子を泣かせたんですよ」

イリスさんは少し頬を膨《ふく》らませ、怒ってるんだぞー的な感じは出しているが、どこかわざとらしかった。

「あれふぁぼくはわるふは」

〝僕は悪くない〟と反論したけど、さらに頬っぺたを強く引っ張られて上手く話せない。

「女の子を泣かせるのは、悪いことなんですよ。わかりましたか？」

声を出せないので首を縦にコクッと振ると、ようやくイリスさんは解放してくれた。

これで終わりかと思ったら、そこからさらに説教が続く。

助けを求めるように隣の受付嬢セラさんに視線を送ったけれど、目で〝諦めなさい〟と言われた気がしたので、これ以上は抵抗せず、僕はひたすら謝り続けた。


長時間の説教を終えて言いたいことを全て言いきったのだろう。イリスさんの顔から険《けわ》しさが消え、いつもの優しい表情に戻っていた。

途中何度も大袈裟《おおげさ》なジェスチャーを入れていたし、単にじゃれたかったんじゃないのかな、この人は。一時はどうなるかと思ったけど、きちんと謝ることができたのは良かったかな。勇気って大事だよね。

話が終わったところで、僕はここ一週間ほどため込んでいた薬草と魔石の精算をイリスさんにお願いする。

それから――

「そうだ、イリスさん。今日は他にもお願いがあるんです。従魔の登録とFランクへの昇格試験に挑戦したくて」

「そっか、ついに従魔と契約できたのね。おめでとう」

イリスさんは従魔との初契約は笑顔で祝福してくれたが――ランクアップについては心配そうな表情を見せた。

「……でも、冒険者のランクアップはルフト君にはまだ早いんじゃないかしら」

「無理はしませんので、お願いします」

僕は、もう一度深く頭を下げる。

冒険者には、それぞれ能力に応じたランクが与えられている。

上から、SSS、SS、S、A、B、C、D、E、F、Gの合計十個のランクがあり、試験を受けて合格するとランクを上げることができるのだ。冒険者が首からさげるギルドカードはランクとその功績を記憶する魔道具になっており、そのデータは全ての冒険者ギルドで共有されている。

現在の僕は、最低ランクのGランク冒険者。

GランクからFランクに上がるためには、Fランク昇格試験の〝三ヵ月以内にゴブリン五匹を討伐し、その魔石を手に入れる〟をクリアする必要がある。

イリスさんは〝そこまで言うなら……わかったわ〟と言ってから〝でも〟と付け足した。

「ルフト君、いい？　昇格試験は失敗しても何度でも受け直しが可能なの。だから、絶対無理はしないで。じゃあ、この町の周辺の地図は持ってるのかな。あるなら、ゴブリンが頻繁《ひんぱん》に出没《しゅつぼつ》する場所に印をつけてあげるわ。あと従魔の登録だけど、担当者がいる水曜日の午後にしかできないの。担当者に伝えておくわね」

イリスさんの厚意に、僕はもう一度頭を下げてお礼を言う。

「ありがとうございます！　従魔登録は早くて明後日なんですね。それじゃあ、今週はゴブリン狩りを優先して、来週の水曜日にまた来ます。それと、印はこの地図にお願いしてもいいですか」

イリスさんは僕が出した地図を受け取ると、アリツィオ大樹海の浅瀬を中心に×印《ばつじるし》を書き込んでいく。次に僕のギルドカードを魔道具に通して、Fランク昇格試験への挑戦登録をしてくれた。

その後、イリスさんと少し世間話をした。

「へぇー、浅瀬は浅瀬でもあまり人が行かない、町から離れたところまで行っているのね」

「僕の場合、従魔の住処があるので、寝ている時に襲われる心配はないですから。だからこそ、他の人が採取に行かない場所を狙うようにしているんです」

「そうなんだ。確かにみんな、新しい場所より行き慣れて稼《かせ》ぎが安定した狩場を選んじゃうのよね。ルフト君みたいな冒険者がいると助かるわ。未開の土地の情報は貴重なものだから、何かあったら冒険者ギルドに報告をお願いね。もちろん、新しい発見にはきちんと報酬も出るわよ」

「はい、頑張ります」

Fランクに上がると、浅瀬にあるダンジョンの情報を与えられ、その探索を許される。一つでもダンジョンを攻略すればEランクに上がり、中域への立ち入りが許可される。

アリツィオ大樹海は奥に行けば行くほど生息している魔物も強くなるため、注意が必要だ。

ゴブリンみたいな弱い魔物は浅瀬に住んでいるが――他の冒険者にとってはなんでもない魔物でも僕にとっては強敵になる。今まではゴブリンのいるエリアには近づかないようにしていたけど、これからはそうもいかないな……

✽

イリスさんと別れてギルドを後にした僕は、肉屋のフラップおばさんの店に立ち寄ってため込んでいた牙ウサギの肉を買い取ってもらった。

「ルフトちゃん、いつもありがとね。最近肉の入荷が減っていて困ってたのよ。ルフトちゃんの解体する牙ウサギの肉は、他の冒険者たちが持ち込むものに比べて質が良いから助かってるわ」

肉屋のフラップおばさんは、僕がこの町に来てから何かとお世話になっている一人だ。最近も、新しい物に買い換えて不要になったからと、僕が欲しがっていた業務用の魔道具である冷凍庫を一台、格安で譲《ゆず》ってくれた。

大きいサイズの冷凍庫は、新品を買うとなるとオーダーメイドになってしまうため、高くて手が出せない。中古品が出てもすぐ売れてしまうので、ずっと手に入らなかったのだ。フラップおばさんには本当に感謝している。

ちなみに、魔道具を動かすためには燃料として魔物の体の中にある魔石を使うのだが、僕が譲ってもらった冷凍庫は魔石一個で三日間しか稼働《かどう》させられない。

最新型の冷凍庫なら魔石一つで一週間は持つらしく、フラップおばさんは旧型の冷凍庫の燃費《ねんぴ》が悪いので買い換えたそうだ。

フラップおばさんには〝いいのかい、こんな燃費の悪いやつで〟と何度も聞かれてしまった。

冒険者として日々魔物を狩る僕にとっては、魔石一個で三日間冷凍庫が使えるなら安いものだ。

しかも冷凍庫を導入《どうにゅう》したことで、狩ってから二週間までの牙ウサギの肉を買い取ってもらえるようになった。きちんと処理をして冷凍したものに限るけれど、今まで三日しかもたなかったことを考えれば、とてもありがたい。

僕はフラップおばさんの店で肉を買い取ってもらった後、道具屋のキーリスさんのところで魔物の素材を換金して、この町の大通りに店を構える、町一番の雑貨店〝メルフィル雑貨店〟へと足を運んだ。


メルフィル雑貨店は、いわゆるなんでも屋さんなのだが、生活雑貨の他にも武器や防具、魔法のスクロールといった冒険者用のアイテムを多数取り扱っている。

品質では専門店である武器屋や防具屋、魔術師ギルドなどで売っているアイテムには敵《かな》わない。けれど、数打物《かずうちもの》の武器や量産品の防具、初級魔法のスクロールや無名作家の魔道具ならここも十分揃《そろ》っている。

僕がメルフィル雑貨店を頼るのには他にも理由がある。

この町の武器屋の主人、名をハンスというのだが、自分が仕入れて取り扱う武器に絶対の自信を持っており、彼の目にかなった者でなければ武器を売ってもらえない。

Gランク冒険者でテイマーである僕も、以前ギルドカードを見せたのだけれど——そうしたら即入店禁止を言い渡されてしまった。

魔術師ギルドも同様で〝魔物を使役する者には魔法を教えることもなければ、売るスクロールもない〟と言われ、魔術師ギルドの扉をノックすることすら許されないという状況になっている。

そんな事情もあり、冒険者として必要な道具の大半を、僕はこのメルフィル雑貨店で揃えるようになった。

今回はフローラルとレモンの武器と魔法のスクロールを買う。

魔法の習得方法は二つある。一つは魔法を知る者から直接教えてもらう方法。もう一つは魔法のスクロールを使って覚える方法だ。

魔法のスクロールは使用すると砂のように崩れてしまうけれど、魔法を覚えた者は別の者に魔法を教えられるため、その魔法を使える知り合いがいれば同じスクロールを何本も買う必要はない。

僕は『鑑定』をはじめとした共通魔法の多くを、メルフィル雑貨店で買った魔法のスクロールで覚えた。

ただし、魔法のスクロールを使えば誰でも魔法が覚えられるわけではなく、魔法の才能は必要だ。といっても共通魔法に関しては、魔法使いに分類されるクラスなら覚えられる。

「これはルフト様、お久しぶりです」

「メルフィルさん、お久しぶりです」

僕が商品を見ていると、この店の主人のメルフィルさんが話しかけてきた。

メルフィルさんは四十代の男性で体型は痩《や》せ型、身なりはきちんとしていて、どことなくやり手の商人だと思わせる雰囲気を纏《まと》っている。

僕にやり手の商人を見分けられるのか！　と言われてしまうと何も言えないのだが、あくまで僕の印象である。とにかく、僕のような年下のテイマーを一人のお客様として扱ってくれるのだからいい人だ。

また、メルフィルさんは従魔の住処産のリンゴの大ファンで、自分で食べる分と店で売る分の実を、高めの値段で大量に買い取ってくれる。僕にとって彼は、お得意様でもあるのだ。

「今日は何かお探しですか？」

彼の問いに僕は頷いてみせる。

「はい、僕にもやっと従魔ができまして、彼らの武器と魔法のスクロールを買いに来ました」

「ほう、スクロールということは、魔法が使える従魔ですか。テイマーが使役できる従魔は、弱い獣と弱い魔物だけだと思っておりましたが、さすがルフト様でございます」

「いえ、さすがだなんて」

メルフィル雑貨店に初めて来た時から感じているけれど、メルフィルさんの僕に対する評価はなぜか高い。

メルフィルさんは何か考え込んでいた様子だったが、僕に〝ちょっとこちらへ〟と促《うなが》し、店の奥に向かって歩き出す。

そこに保管してある魔法のスクロールを見せてくれるらしい。


「全て初級魔法ですが……」


メルフィルさんがそう言って出してくれたスクロールは、『マジックミサイル』『スリープミスト』『スモークスクリーン』『ストーンショット』『スパイダーネット』の五本だった。

それらのうち、対象を眠らせる『スリープミスト』、煙幕《えんまく》を張る『スモークスクリーン』、相手を拘束する『スパイダーネット』は、魔法のレベルが上がるほど効果範囲が広くなり、成功率が上がる魔法だ。

『マジックミサイル』は、レベルが上がると一度に撃《う》てる魔法の矢の数が増える。ただ一本一本の威力《いりょく》は変わらないので、魔法防御持ちの相手には効果が薄い。

『ストーンショット』は、高レベルになるほど大きな石を飛ばせるようになるが、そもそも石がない時は使えないのと、魔法攻撃の『マジックミサイル』と違って物理攻撃扱いになる。

僕はレモンがすでに使えるという『マジックミサイル』以外の全ての魔法のスクロールを買うことにした。

魔法のスクロールは、魔術師ギルドで購入するのが普通なので、メルフィルさんの店ではあまり売れない商品らしい。

もし変わった魔法のスクロールを手に入れた時は、僕に優先的に売ってくれると約束してくれた。

〝今後もリンゴの実を楽しみにしています〟というお願いつきだったけどね。

次に、Fランク昇格試験のためのゴブリン狩りを視野に入れて武器を探す。

今まで狩ってきた牙ウサギや角ネズミはEランクの魔物だ。

魔物のランクは上からS、A、B、C、D、Eとあり、それぞれにEプラス、E、Eマイナスのように、一つのランクがさらに三つに分けられる。

ただ、これは純粋に魔物におけるランクであり、Eランク冒険者とEランクの魔物が同等の強さというわけではない。

冒険者ランクを上げるために狩るゴブリンは基本的にEランク以上で、今まで戦ってきた魔物よりも少し強い。

稀《まれ》にもっと高ランクのゴブリンもいるらしいが、Dランク以上になると普通のゴブリンに比べて体が大きく、一目でわかるそうだ。とはいえ、何事も警戒は必要だろう。

僕の目は、店に置かれていた全長四十センチほどの短い剣に奪われた。

変わったものには、どうしても興味を引かれてしまう。

それは、ショートソードをさらに短くしたような不思議な剣だった。その短剣が入っている樽《たる》に付けられた値札には〝珍しい短い剣〟と、安売りを表す〝特価〟の売り文句が書かれている。

その樽には同じような長さの剣が他に三本入っていた。

鞘《さや》から抜いて刀身をまじまじと見てみたけど、物としては悪くなさそうだ。

「ルフト様、その短い剣は失敗作ではありませんよ」

メルフィルさんは、僕の心を見透《みす》かしたようにそう言った。

「え、そうなんですか？」

「はい、それはこの国よりさらに西の辺境の地に住む、〝ポロッカ族〟という小さな種族が好んで使う剣で〝バゼラード〟というそうです。剣の製作者もポロッカ族の鍛冶職人《かじしょくにん》とのことでした。面白いので買い取ってみたのですが、全く売れずに困っておりまして……」

「へぇ、ポロッカ族ですか……聞いたことはありますが、会ったことはないですね」

「この国は、人間以外の種族の出入りは少ないですから、エルフやドワーフすら滅多に見ませんしね。従魔の方が使うのであれば、さらにお安くしますので四本全て買っていただけないでしょうか？」

大きさ的にもフローラルとレモンが使うのにピッタリな剣にも思える。

僕は〝武器は消耗品《しょうもうひん》だからいずれ替えが必要になるだろう〟と割りきって、全部買うことにした。

この長さの剣をオーダーで製作したら、軽くこの値段の十倍はしそうだしね。それにテイマーの僕が鍛冶師にオーダーなんて、立場的にできそうもないし。

他に長さ六十センチほどのショートソードを予備含めて二本と、僕が使うには大きくて重そうではあるものの、直径六十センチくらいのホプロンという金属製の丸い盾《たて》を一つ購入した。

ホプロンは、僕が両手で盾を持ってひたすら耐え、みんなに攻撃してもらうという戦術がふと頭に思い浮かんだので衝動買《しょうどうが》いしたのだ。

盾は他にもいくつか持っているので、状況に合わせて使い分けていこう。

従魔がいると、戦い方に幅が出るし、何よりフローラルたちのことを考えながら武器を選ぶのは楽しい。今度、従魔たちと一緒に買い物に来るのもいいかもしれない。

僕はメルフィルさんにお礼を言って、雑貨店を後にした。


町で準備を整えた僕は、その足で従魔の住処に戻った。それから、フローラルたちと一緒にイリスさんが×印をつけてくれた地図を頼りにゴブリンを探した。

ゴブリンは人に危害を加えるため、討伐報酬も強さの割に高く、冒険者たちに人気のある魔物だ。

そこで、獲物の取り合いを避けるためにも、地図の中でも他の冒険者が少なそうなカスターニャの町から西に外れた狩場を選んだ。

ゴブリンは賢い魔物で、個の弱さを補うために群れを作って活動することが多い。大群と戦う自信はないので比較的少なめの群れ――三匹前後で行動するゴブリンを探すことにした。

しかし結局この日は、一日中探し回ってもゴブリンには出会えず、早めに寝て次の日に備えようと決めた。

✽

翌日――

僕たちは、朝早くからゴブリンを探しはじめた。

すぐに見つけたんだけど、その集団は数が八匹と多かったので、そのまま隠れてやりすごす。

八匹もの集団がいたということは、近くに大きな集落がある可能性が高い。これは町に戻り次第、冒険者ギルドへの報告が必要だろう。

そのためにも、もう少しこの周辺の情報を収集したいところだ。

僕は地図にゴブリンたちを見た場所の印を書き込むと、近くにある別の目撃ポイントへと移動した。


気が付くと昼も近かったので、一度従魔の住処に戻ってお昼にする。

鍋に牙ウサギの骨だけを入れて油で炒める。こうすることで骨に付いた肉から味が出るというか……美味しくなる気がするんだ。

骨を取り出し、そこにお湯を加えてニンニクと少量のワイン、従魔の住処で育てたジャガイモとバースニップ、町で買った玉ねぎを適当な大きさに切って煮込んでいく。

その鍋の中に、フライパンで焼き、ほどよく焦げ目《こめ》をつけた牙ウサギの肉を入れて塩コショウを加え味を調《ととの》えれば〝野菜たっぷり牙ウサギのポトフ〟の完成だ。

カスターニャの町に来てすぐの頃は、食事なんて腹が膨らめばなんでもいいと思っていた。でも最近は、どうせ食べるなら少しでも美味《うま》いものが食べたいと料理を頑張るようになった。

ドングリとアケビの分は、味付けをせずに牙ウサギの肉を軽く焼いたものだ。

最初二匹には生の肉をそのまま与えていたんだけど、それよりも少し火を通した肉の方が好みだったみたい。調味料は苦手っぽいけどね。

一度焼いた肉を食べさせてからというもの、生で出すとその肉をくわえて〝焼いてくれ〟と言わんばかりに持ってくるようになったよ……まあ、喜んでくれるならいいんだけど。

あらかた食べ終えて食器を片付けた後、お腹も膨らんで満足した僕たちは、少し休んでから午後もゴブリン探しに出ることにした。

このあたりは予想以上に冒険者が少ないみたいだ。探しはじめてすぐに三匹で行動するゴブリンを見つけた。

遠目に見たそのゴブリンたちは、三匹とも質の良い武器と防具を装備しており、油断は禁物だろう。

ゴブリンたちは、僕たちが潜《ひそ》んでいることにまったく気付いていないようだ。

ゴブリンたちの進む方向へ、できるだけ音を立てずに先回りして背の高い草の中に身を隠し、待ち伏せる。

「レモンは『スモークスクリーン』で目くらましを、フローラルは煙が広がったらこの前レモンが教えた『マジックミサイル』を適当に撃ち込んでほしい。ドングリとアケビは少し待機で」

(任せてください!)

(了解しましたぞ、主様)

レモンとフローラルに続いて、ドングリとアケビもわかったというように首を上下に振った。

僕は弓の弦《つる》に矢をあてがい、ゴブリンたちがレモンの魔法の射程距離に入るのを静かに待つ。

ゴブリンまでの距離、およそ五メートル弱。

その時、レモンが『スモークスクリーン』を発動し、煙幕がゴブリンたちを包み込んだ。

混乱するゴブリンたち。さらに、レモンは『スパイダーネット』の魔法を唱える。抵抗されても逃がさないためだ。

僕はそこへ矢を放ち、フローラルも『マジックミサイル』を煙で見えない相手に向けて何度も何度も撃った。

ゴブリンたちが煙から出てくる気配はない。

最初のうちは煙の中で暴れる音や悲鳴と思《おぼ》しき声も聞こえていたが、それも徐々に小さくなっていく。

『スモークスクリーン』の魔法の効果が切れて煙幕が消えると、複数の矢が刺さり、魔法で傷だらけになったゴブリンたちの姿が見えた。

三匹のうち二匹はすでに息がなく、残った一匹も傷が深そうだ。『スパイダーネット』の効果が残っているのか、その場で苦しそうにもがいている。

その一匹にドングリとアケビが飛びかかり、最後は首筋に喰らいついてとどめを刺した。

改めて三匹のゴブリンを見てみると、彼らが身に着けている装備はどれも上等だった。

革鎧は矢と魔法の攻撃で傷だらけになってしまっていて使えそうもないが、武器は傷が少なかったので、ついた血を拭《ふ》き取ってから回収する。

おそらく殺した冒険者から奪った武器だったのだろう。三本の武器のうち二本は、全長七十センチくらいの直刀——ファルシオンで、武器自体の質も良く手入れも行き届いている。

残りの一つの武器は全長五十センチほどのメイスで傷みも少ない。こちらはごく普通のものだが、まだまだ使えそうだ。

もし、これが冒険者から奪ったものではなく、ゴブリンたち自らが作った武器なら――人間にとって脅威《きょうい》になるな。

ゴブリン討伐の人気が高いのは報酬の良さだけでなく、ゴブリンたちが今回みたいに冒険者を倒して奪ったものや、近隣の町や村で盗んだ物品を所持していることが多いためだ。

さらに、討伐対象がゴブリンキングなどの上位種がいる大きなコロニーだった場合、彼らがため込んでいる宝やゴブリンキングが稀に持つ魔法の武器などが手に入る。

一獲千金《いっかくせんきん》を狙う冒険者たちにとっては魅力的だ。

だが、大きな対価を得られる可能性が高い分、討伐にはより多くの冒険者の血が流れる。

冒険者ギルドにとって、ゴブリンたちが大きなコロニーを築く前に討伐させ、被害を未然に防ぐのも仕事なのである。

フローラルとレモンが魔法を覚えたので、想像以上にゴブリン退治は楽だった。だが、遭遇したゴブリンの集団は、スルーしたのも含めてこれで五つ目――やはりどこか異常に思える。

半日でこれだけ多くのゴブリンの集団と遭遇するはずがない。

しかも、最初にやりすごしたゴブリンの群れは八匹と多かった。

一つだけなら偶然かもしれないのだが、今倒したゴブリンたちの前に見かけた集団も十五匹近くいた。

この近くにはゴブリンの大きなコロニーがある可能性が高い。

だけど、そのコロニーの場所まで突き止めるような危険な真似をするつもりはない。身の丈にあった仕事をするだけだ。

今僕にできるのは、この情報をいち早く冒険者ギルドへ届けることだろう。

とりあえず、僕たちが倒せそうな数の少ないゴブリンの集団を見つけては片付けていく。ゴブリンの討伐数が十匹を超えてFランクへの昇格条件を満たしたところで、僕たちは周囲を警戒しながら、カスターニャの町への帰路を急いだ。


カスターニャの町に戻るため、アリツィオ大樹海を出て街道へ入ろうとした時だ。

傷だらけのコボルト二匹に縄をかけて歩く、五匹のゴブリンが近づいてくるのが見えた。

僕たちはすぐさま近くの茂みに身を隠す。

(主様、あれはどうしますか?)

フローラルが僕に指示を仰《あお》ぐ。

「ゴブリンたちは仕留めておきたいかな。少しでも数を減らした方がいい気がするし……あと、あのコボルトたちは奴隷《どれい》か何かかな？　コボルトの縄張りはゴブリンと被らないはずなんだけど……」

（ほー、あれがコボルトですか。初めて見ますぞ）

「僕も本物は初めてだよ。顔が犬だよね。コボルトは後にして、まずはゴブリンをなんとかしようか」

僕の作戦に、レモンは了解の意を示す。

（わかりました。何匹眠るかはわかりませんが『スリープミスト』を私が唱えますので、主様とフローラル、ドングリとアケビは奇襲《きしゅう》の準備を。私もすぐに『マジックミサイル』で援護《えんご》します）

レモンの提案に、僕とフローラルは頷いて各々《おのおの》準備をはじめる。

ドングリとアケビは気付かれるのを警戒してか、吠えずにコクコクと頭を上下させていた。

この二匹は獣にしてはかなり賢い。従魔になるとテイマーの気持ちが伝わるようになるとか、人の言葉がわかるようになるといった特殊能力でも身につくんだろうか？

身を隠しながらゴブリンが近づいてくるのを待ち、射程距離内に入ったところでレモンが『スリープミスト』を唱えた。

コボルトを連れたゴブリンたちに眠りの霧《きり》が纏《まと》わりつく。

霧は三十秒足らずで霧散《むさん》したが、魔法による眠気に抵抗できなかったコボルト二匹とゴブリン二匹は、その場に崩れて眠った。

僕たちはそれを見て、すぐに行動に移る。

眠気になんとか抵抗した三匹のゴブリンたちは、わけがわからずオロオロするばかりのようだ。見えない相手からの不意打ちの魔法。それが初めてであれば混乱するのも当然だろう。敵が潜んでいる可能性も忘れて、ゴブリンたちは無防備に背中を見せている。

――一瞬だった。

数本のクォーターパイクを抱えた僕とフローラルは、それぞれゴブリンの首に槍の穂先を突き刺した。その槍を引き抜くこともせず、そのまま寝ているゴブリンの首に別のクォーターパイクを深く突き刺す。

残りの一匹のゴブリンにはドングリとアケビが襲いかかっていた。

ドングリとアケビは、ゴブリンに噛みついては離れてを繰り返し翻弄《ほんろう》する。そこに、レモンの『マジックミサイル』による魔法の矢がゴブリンに突き刺さった。

これでゴブリンたちを片付け終えた。

僕は眠っている二匹のコボルトに駆け寄り、その体を強く揺らす。

目を覚ますコボルト二匹。

僕の印象は〝本当に犬だな〟だった。

僕と同じくらいの背丈のコボルトは、立ち上がって周りに転がるゴブリンたちの死体と僕たちを交互に見ている。

犬っぽい愛らしい顔を見るとちょっと可哀想な気もするが、急に暴れられても困るので、ゴブリンたちが彼らに付けたのであろう縄は解かずにおいた。

「縄を解くのはもう少し待ってね……って言っても、人の言葉はわからないよね」

「……」

「わがります、すごし」

二匹のうち一匹が僕の言葉に反応する。

コボルトの犬の口で人語《じんご》を話すのは大変なんだろう。その口調にはたどたどしさがあり、少し訛《なま》りもあるように思える。

「僕はルフト。隣にいるのは妖精のフローラルシャワーとレモンクィーン、そしてシロミミコヨーテのドングリとアケビだよ」

「あの……おいらだち、は、です。あの」

「落ち着いて。確かに早くここから離れたいけど、君たちの話を聞くくらいの時間はあるからさ。体は痛くないかい？」

「いだいです。あいづら、おいらをいっぱい、たたいて」

暴れ出すような素振りは見られなかったため、僕はコボルトたちの体を縛っていた縄を切ってあげた。

そして、回復効果のあるコノザンナという薬草の葉を煮出して作った液体の入った瓶《びん》を差し出す。

「これは回復薬だよ。痛み止めと体力回復の効果があるんだ。錬金術師が作る低級ポーションには及ばないけど、飲んでみて」

二匹は僕から瓶を受け取ると、コルク製の蓋《ふた》を開けてグイッと飲む。そして不味そうに顔をしかめた。

「少し苦いけどね、体には良いからさ」

「「ありがど」」

僕の笑顔につられたのか、コボルトたちも少しだけ笑顔になった。

喋れる犬で、しかも可愛い笑顔とか反則でしょ、と心の中で誰に向けてかわからない突っ込みを入れる。その後、コボルトたちは回復薬の効果で少し元気になったみたいで、自分たちの身の上を色々話してくれた。

ちなみにその間、ゴブリンたちが来たらわかるように、鼻の良いドングリとアケビには見張りをお願いしておいた。

つたないながらも一生懸命話す彼らによれば、二匹は兄弟だそうだ。

カスターニャより北西にあるグラスゴーという農業の盛んな町で、彼らの両親と妹の家族五人で人間に雇われていたらしい。

雇ったのはヘルゴという優しいおじいさん。コボルトの一家は、馬小屋を改造したものではあったものの寝泊まりができる住居と十分な食事を与えられ、幸せに暮らしていたという。

しかし、そんな日々は突如終わりを告げた。

ヘルゴが流行《はや》り病《やまい》で倒れてしまい、彼の農地は息子たちに引き継がれた。

その息子たちは、ヘルゴがコボルトたちを雇うのに反対していたらしく、彼の死をきっかけにコボルト一家は家を追い出されてしまったのだ。

それでもコボルト一家はヘルゴの息子たちを恨《うら》まなかった。魔物である彼らを殺すことなく、家から出ていくことで納得してくれたのだから。

そして一家は、安住の地を探してこのアリツィオ大樹海へやって来た。

しかし、人に雇われていた期間が長く危機感が薄かった彼らは、早々にゴブリンの襲撃《しゅうげき》を受けることになる。

両親と妹は殺され、兄弟二人はゴブリンの町を作るための奴隷として捕まったのだそうだ。

「そこに、僕たちが来たわけだね」

「たずかったです。ありがどうです」

そう話すコボルトの目には、涙が滲《にじ》んでいる。

「あの……ルフ、トさま。おねがい、あります」

「どんなお願いかな？　僕にできることなら協力するよ」

僕がコボルト二匹に少しデレデレしていたためか、見張りをしていたアケビがやきもちを妬《や》いて僕の足に絡んできた。

アケビのかまってほしい攻撃はとても可愛いので癒されるんだけど、今は見張りに集中してもらいたい。

「おいらたぢも、じゅまにしてください」

「ください」

二匹はそう言って僕の足元で片膝を突き、頭を下げた。

さすがに人と長年一緒に暮らしていたためか、こういう仕草もどことなく人間っぽいというか……

もちろん、〝そんな騎士が王様にするような挨拶をどこで覚えたんだ〟という疑問は呑《の》み込んでおくけどね。彼らなりの精一杯の服従の姿勢なのだろうし。

これに対する答えは当然〝イエス〟だ。

家族を失って自然の中で生きていくのも難しいコボルトに、テイマーである僕が手を差し伸べなくて誰がするのか。

「二人には、名前はあるの？」

「なま、えですか？　いぬどよばれだことが……」

「二匹とも犬って……うーん」

僕はヘルゴさんというおじいさんが、本当にコボルトたちに優しく接していたのだろうかと疑問を感じてしまう。優しいおじいさんがこんな愛くるしいコボルトたちを〝犬〟なんて呼ぶかな？

まあ、彼らにとってヘルゴさんとの時間は間違いなく幸せな記憶なのだ。それを僕がとやかく言うのは間違っている。

これから僕が彼らを家族として迎え、ヘルゴさんと一緒にいた時より幸せにしてあげればいいのだから。

僕の右手から二本の光の鎖が伸び、二匹へと繋がる。

「今日から君たちは僕の家族だ。僕からの最初のプレゼントは二人の名前だよ。兄さんは〝テリア〟で弟は〝ボロニーズ〟だ。よろしくね」

僕とテリアとボロニーズを優しい光が包み込んで——従魔契約は無事成功した。

それにしても最近は従魔契約が上手くいきすぎているような……しかもその全てが双方納得の上での契約だ。

僕としてはありがたい限りなんだけどね。

二匹はよほど疲れていたのだろう。従魔の住処に案内してベッドに横になるように伝えると、すぐに寝息を立てて眠ってしまった。

もちろん今度は魔法によるものではなく、彼らの意思による自然な眠りだ。

僕は牙ウサギの肉を焼いて薄く切ったものと生野菜を一緒にパンに挟んだサンドイッチを作り、彼らが眠るベッドの横のテーブルに置いておいた。

今回のFランク昇格試験のゴブリン退治で、僕は普段薬草採取を行うアリツィオ大樹海の浅瀬よりも少しだけ奥まった場所に来ていた。その甲斐《かい》あって、貴重な薬草の一つであるコノザンナを根ごと数本手に入れられた。

これは、僕にとって予想外の収穫だ。

人の手による栽培が困難なこのような薬草でも、従魔の住処の肥沃《ひよく》な土ならば他の植物同様すくすく育つ。

しかも、コノザンナが貴重なのは虫が付きやすい性質だから。つまり、害虫の入れない従魔の住処ではその心配はない。

コノザンナ以外にも、普段は見られない多様な植物に気をとられたせいで、僕たちはその日のうちにカスターニャの町に到着できず、従魔の住処で一夜を過ごしたのだった。

＊

樹海で夜を越した僕たちがカスターニャの町に着いたのは、翌朝。

普段空《す》いている時間を狙って冒険者ギルドに来ていた僕にとって、依頼を受けようとする冒険者たちで混み合う朝一番のギルドの光景は新鮮だった。

僕をテイマーと知っている冒険者の中には、蔑《さげす》んだ目で見たりちょっとした嫌味を言ったりする者もいた。

いつもならこうなるのが嫌で時間をずらすのだが、今日はゴブリンについてできるだけ早く報告した方がいいと思ったのだ。

イリスさんの窓口が混んでいたので、彼女に怒られるのを覚悟でセラさんの窓口に並ぶ。

「おー少年、久しぶりじゃないか。今日はイリスじゃなく私に会いに来たのかい？」

僕の番になると早速セラさんがからかってくる。それを聞いたイリスさんが一瞬キッと僕を睨んだ気がした。

「あの、今日は急ぎの用事がありまして。一番空《す》いてる窓口に並んだというか……」

「少年、そんなにイリスに気を使わなくていいんだよ。私に会いたかったんだろう」

立ち上がるとセラさんは〝フフフ〟と大人の笑みを浮かべ、僕の頭を優しく撫でてくれた。

セラさんは頭を撫でるのがとても上手い。つい僕も身を委《ゆだ》ねてしまったけど——他の冒険者からの嫉妬《しっと》の視線が痛いな。

イリスさんより少しお姉さんな彼女は二十五歳で、イリスさんとは凄く仲が良い。

濃い茶色の短めの髪だから活発そうな雰囲気にも見えるんだけど、話し方と唇の下にあるホクロのせいで、色っぽい印象が強い。

窓口はギルドの顔のようなものだから、綺麗な人が多いのかもしれない。

素敵な女性の〝今日も頑張ってくださいね〟の一言で、男性冒険者のやる気は三割増しくらいになるしね。十一歳の僕でさえ、それでやる気が増している気がする。

とはいえ、このままセラさんのペースに乗せられていたら話がはじまらない。

僕は早速ゴブリンについて報告した。

ゴブリンの大きなコロニーがアリツィオ大樹海の浅瀬にある可能性が高いと伝えると、周りの冒険者たちがざわめいた。

中には〝ぼっちテイマーがゴブリンを倒せるわけないだろ〟とか〝ガキは注目を浴びたくて嘘をつくからな〟などと言う者もいた。しかし、大半の冒険者たちは僕とセラさんの話に真剣に耳を傾けているようだ。

僕は自分の言葉を証明するために、ゴブリンから取り出した魔石十五個をセラさんの前に並べた。

彼女が『鑑定』の魔法でゴブリンの魔石だと確認すると、冒険者ギルドのざわつきが大きくなる。

「おいおい、ゴブリンの魔石十五匹分なんて……しかも数日でだろう？　どんだけデカいコロニーがあるんだよ」

「こりゃーゴブリンキングもいるかもな」

「ぼっちテイマーの話だと、数が多くて倒せなかったゴブリンも二十匹近くいたらしいぜ。偵察《ていさつ》にそれだけのゴブリンたぁ、数百匹規模のコロニーなんじゃないのか」

早速冒険者たちの間に話が広がりはじめた。

こういう話には尾ひれが付くものだけど、僕自身、遭遇したゴブリンの数は異常だと思えたし、大げさに広まった方が冒険者ギルドも動きやすいんじゃないだろうか。

僕がゴブリンと出くわした場所に印をつけた地図を使いながらセラさんに説明していると、冒険者ギルドの職員たちの動きは慌ただしくなっていた。

結局ギルドは、巨大コロニー出現の可能性を考慮してB級とC級の冒険者に緊急依頼を出すらしい。

準備が整い次第、すぐにコロニー調査に探索に出るそうだ。

万が一巨大なコロニーがあった場合は、冒険者へ強制依頼が出される。

百匹以下のコロニーであればEランク以上、数百匹クラスの大型コロニーがあった場合はFランクの冒険者まで強制依頼の対象になる。

その後、冒険者たちには三日後に必ずカスターニャの町で強制依頼の有無を確認するように指示が出された。

冒険者にとって強制依頼への参加は義務だ。

理由があれば免除されることもあるけど、僕は免除される理由に心当たりがない。

僕が持ち込んだゴブリンの情報で冒険者ギルドが慌ただしくなったこともあり、僕の冒険者ランクの昇格は明日水曜日に従魔登録と一緒に行うことになった。


ギルドを出た後、従魔たちが増えたのもあって、従魔の住処で使う家具を買いに家具屋にやって来た。

従魔の住処はとても広く、まだまだ家具を置く余裕がある。

僕は思いきって、中古のダブルベッド二つと三人掛けのソファーを一脚、椅子を二脚購入した。

次に向かったのは、顔馴染みの防具屋だ。

この防具屋の主人ハンソンさんは凄く優しいおじいさんで、以前従魔用の防具をオーダーすると高くつくからと、僕に防具作りを教えてくれたのだ。

僕はその言葉に甘えて一時期、毎日のように教えを請《こ》うために通い続けた。そんなわけで、ハンソンさんは防具作りの師匠なのだ。

彼は八十二歳という高齢のため、今は新しい防具はほとんど作らず、防具の修理だけで食べているそうだ。

実は引退も考えていて、後継ぎもいないので、テイマーである僕が冒険者でやっていけなかった時にはこの店を譲ってもいいと考えているらしい。

いまだに会うたびに〝冒険者を続けていけない時は、俺に相談しろ〟と口癖のように言う。

僕が店のドアを開けると、ハンソンさんはチェーンメイルの補修をしていた。

「こんにちは、師匠。リンゴを持ってきましたよー。しかも今日はジャガイモもあります」

リンゴとジャガイモを入れた大きな麻袋《あさぶくろ》を自慢げに見せて僕は笑う。

ハンソンさんは嬉しそうに出迎えてくれた。

「おールフトか。随分気前が良いのう。立派なリンゴとジャガイモを持ってきて、いったい何を企んでおる？」

「嫌だなあ、いつもお世話になっていますし、感謝の気持ちです」

「ほう？　なら儂《わし》は何もしなくていいんじゃな。そうかそうか」

そう言って背を向けようとするハンソンさんを、僕は慌てて引きとめた。

「いや、あの……僕にも従魔ができまして、防具の調整を手伝ってほしいなあ、なんて……」

「そういうことは、最初に言え」

僕は師匠に謝ってから、従魔のみんなを彼に紹介した。

それから、ゴブリンの大きなコロニーと、近いうちにその討伐依頼が出る可能性が高いこと、それまでにドングリ、アケビ、テリア、ボロニーズの防具を用意したい旨を相談する。

テリアとボロニーズの防具は、人間用のハードレザーアーマーを直せば使えそうだが、ドングリとアケビの防具は型紙作りからはじめることになった。

時間がないので、ドングリとアケビの防具は加工のしやすいソフトレザーで作り、音が鳴らない程度に鉄板を縫《ぬ》い付けて補強もする。

テリアとボロニーズには、師匠が中古で販売しようと仕入れていたものの中でも小さめの鎧を少し手直しして、それを売ってもらう運びとなった。

この日、僕は作業場を借りて師匠が寝た後も防具作りを続けた。

若干雑な作りにはなってしまったものの、寝ないで作業したおかげで四匹分の防具の準備ができた。

また、師匠にゴブリンから奪ったファルシオンを見せたら、カスターニャの町の鍛冶師が打ったものではないらしいことがわかった。どうやらゴブリンの鍛冶師が作った可能性もあるらしい。

まだ使えそうだった革鎧を四着ほど持ち帰ってきたのだが、そちらも作りは粗いが悪いものではないそうだ。

「引退前に老後の資金を稼げるかもしれんの。ゴブリンの鎧を拾った時はギルドを通さず直接持ってこい」

師匠は悪い顔で、でも楽しそうに笑っていた。

儲《もう》けるためというより、ゴブリンたちの革鎧に使われている鞣《なめ》し剤《ざい》や革を縫い上げる糸に興味があるらしい。自分が作る防具より劣《おと》っていても、他種族が作ったものへの興味がつきないのだろう。

師匠は根っからの防具職人だ。


翌日、作業で疲れていたこともあって軽く仮眠をとってから、僕は混んでいる時間を避けつつ、従魔登録とランクアップのために冒険者ギルドを訪れた。

ギルドは、ゴブリンの情報を求める冒険者たちで普段より賑《にぎ》わっている。

明日にならないと調査隊は戻らないから、求めている情報は手に入らないはずなんだけどね。みんなそれだけ不安なんだろう。

「ルフト君……フフ、こんにちは。今日はセラじゃなくて私をご指名なのね」

素直にイリスさんの前に並んだのだけど、早速昨日のことをいじられたのは不本意だ。

「イリスさん、からかわないでくださいよ。昨日はできるだけ早く冒険者ギルドにゴブリンの情報を伝える必要があると思ったんです」

「そうだったわ、ごめんね。ところでルフト君、Fランクへの昇格手続きも今日するの？　そんなに急がなくても大丈夫だけど……」

イリスさんは僕がFランクに昇格することで、今回の強制依頼に参加しなくてはならなくなる可能性があるのを気にしてくれているんだろう。

「僕も冒険者ですから。お願いします」

「私のルフト君がどんどん大人になってしまうわね。お姉さん、少し寂《さび》しいわ」

「ハイハイ……そうだ、イリスさん。従魔登録もお願いしたいのですが……」

「むー、もう少しお姉さんをかまってほしいんだけどなー……まあ、ルフト君相手じゃ仕方ないか。従魔登録は奥の部屋でクラークスさんが準備しているはずよ。久しぶりの従魔登録にウキウキしていたみたいだから行ってあげて」

イリスさんにギルドカードを渡してランクをGからFに上げてもらうと、僕は席を立つ。

「見習い冒険者もこれで卒業ね。おめでとう、ルフト君」

「ありがとうございます、イリスさん」

僕はFランクと記載されたギルドカードを受け取って首にかけ、従魔登録のために奥の部屋へと向かった。

「ここかな、クラークスさんの部屋は……」

冒険者ギルド一階の奥に〝クラークス〟と名前のプレートが貼ってある部屋があった。

ギルド内に自分の私室があるなんて、クラークスさんはギルドの中でも偉い人なのだろうか？

ノックしたところ〝どうぞー〟という声が返ってきたので、ドアを開けて中に入る。

そこでは人の良さそうな小太りのおじさんが、せっせと書類を整理していた。おそらくこの人がクラークスさんなんだろう。

彼がこちらに視線を向けた。

「君がルフト君だね。いやー、テイマーが冒険者を志すとは嬉しいことだ。昔はもっと冒険者を目指すテイマーが多かったんだがね……今じゃ不遇職なんて呼ばれてすっかり減ってしまったよ。残念だよ、本当に」

クラークスさんは、昔はテイマー担当を専任していたのだそうだ。

多くの国の研究でテイマーは戦闘職には向かず、馬小屋の管理や家畜の飼育担当が妥当《だとう》という結論が出た頃から、冒険者を目指すテイマーが激減したのだという。

テイマーをパーティに入れていた冒険者の多くは、いつかテイマーが強い魔物を手なずけると信じてパーティを組んでいた。

国の名のもとでそれはないと言いきったのだから、その後のテイマーたちの立場は想像できるだろう。

さらに、養鶏や養豚、養牛といった動物の世話にしても、テイマーより多くの動物の管理に特化した牧者——ハーズマンというクラスが他にある。

こうした経緯でテイマーは不遇職になっていったのだ。

クラークスさんも現在は、この冒険者ギルドの財務管理を中心にしており、テイマーに関連する仕事は週に一度、テイマーから相談があった時だけ行っているそうだ。

「では、ルフト君。ひとまず君の従魔たちに会わせてくれないか」

「わかりました」

僕はクラークスさんの部屋に従魔の住処の入口を開くと、みんなを呼んで紹介した。

クラークスさんは一匹一匹楽しそうに従魔に声をかけながら、書類を作成していく。

妖精を見るのは初めてらしく、フローラルシャワーとレモンクィーンの登録の際にはかなり興奮していた。

「おお、この子たちはシロミミコヨーテだね。魔物だけじゃなく動物も従魔にしているのか」

「はい、特に魔物がいいとか動物がいいっていうのは考えていません。僕やみんなと仲良くなれる子であれば歓迎しています」

「そうかそうか。それなら彼らが魔物になっても問題はないかね？」

「ドングリやアケビが魔物になるんですか？」

「うん、なることもある」

クラークスさんは、テイマーとその従魔について独自に研究していたそうだ。

そこで発見した、というか実際見たのが、テイマーの従魔が経験を積んでさらに強い魔物に進化するところ。動物は魔石を食すことで魔物になることがあるのだという。

僕は〝へぇー〟という感じで聞いていたんだけど、従魔のみんなの反応が凄かった。

特にドングリとアケビは魔物になれると聞いた途端、尻尾をブンブン振り、目を輝かせている。

この二匹、どんどん犬化してきているよね。最近では僕の前で耳を後ろ側に倒すことも多いのだけど、その仕草は服従を示しているらしい。

テリアとボロニーズも、両手を真上に上げ万歳をしながらぴょこぴょこ跳ねて〝じんかしんか〟と叫んでいる。

これは主をキュン死にさせる気なのだろうか？　こういう思わずギュッとしたくなる行動は人前では避けてほしいものだ。

それから、クラークスさんに別れを告げてその場を去った。明日も強制依頼が出たか確認するために冒険者ギルドに顔を出す必要がある。

そのため従魔登録を終えてからは、町の近場で薬草採取でもしようかと思っていたのだが、クラークスさんの話を聞いた従魔たちがそれを許さなかった。

町を出て従魔の住処の中に入ると、みんなが進化や魔物化に向けて狩りに行きたいとアピールしてきたのだ。

うーん、僕的には、可愛らしいドングリとアケビが巨大な狼の魔物とかになっちゃったら、それはそれで複雑なんだよね。

まあ、ドングリは今のままでも十分大きいけど。

テリアとボロニーズのコボルト特有の黒いまん丸な瞳も好きだし、妖精なんて進化したらとんでもない何かになりそうだよ……

みんなが僕のために強くなろうとするのは嬉しいけど、この癒しの景色が一変するのは勘弁してほしい気もする。

結局〝どにかくたくさんの魔物が狩れる場所に行きたい〟というみんなの主張に折れて、アリツィオ大樹海の側にある街道の近く、角ネズミの大きな巣がある平原へ行くことにした。

この平原地帯の角ネズミの巣は、カスターニャの町に近い場所にあることから、冒険者ギルドから〝暇な時にでも駆除してほしい〟と常に話題に上がる有名な場所なのだ。

では、なぜ誰も動かないのか。

その理由は二つあって一つ目の理由は、正式な依頼が出ておらず退治してもお金にならないから。もう一つはアリツィオ大樹海の外だからか、この場所の角ネズミは樹海のものより弱く、魔石の質も悪いことだ。質が悪い魔石は魔道具にも使えないし、買い取ってももらえない。つまりここは、初心者の冒険者が練習を兼ねてボランティアで狩ってください的な狩場なのだ。

僕はみんなに好きに動いていいと話し、ドングリとアケビには魔石を食べたいなら食べても良いが、お腹は絶対に壊さないようにと念押しする。

二匹は〝わかったぁ！〟と言わんばかりに頭をブンブン上下させた。

しばらくして――

結果は予想通り、圧倒的だった。

フローラルとレモンが角ネズミの巣穴に魔法を放ち、手傷を負って出てきた角ネズミをドングリ、アケビ、テリア、ボロニーズがどんどん狩っていく。ドングリとアケビだけじゃなく、テリアとボロニーズの二匹まで、まるでお菓子でも食べるように角ネズミの死体から魔石を取り出し食べているのだ。

魔石を齧《かじ》るボリボリという音が、僕のところまで聞こえてきた。

ちなみに僕はというと、魔石を抜かれた角ネズミの死体を集めて穴を掘り、ひたすらそれを埋めていく係だ。こんなにいたのかと思えるくらい、角ネズミの死体が増えていく。

そんな時だ。

みんなの攻撃を飛び跳ねながら避ける大きな角ネズミが一匹、こっちに向かって逃げてきた。

大きさはアケビと変わらないんじゃないだろうか？　この巣のボス的な突然変異の角ネズミかとも思ったが——近づいてくるその魔物の姿は、ネズミというよりウサギだった。

僕は一人まったりしていたこともあり、逃げてくる角のあるウサギに簡単に接近を許してしまった。

ドングリとアケビが追ってくる。二匹が間に合わず角で刺されるかと思ったが——ウサギは僕の足に縋《すが》りついてきた。その体はプルプルと震えている。

こんなに怯えたウサギは、倒しづらいよ……

「これは、僕がなんとかするからドングリとアケビは戻っていいよ」

「「ワオン」」

二匹は僕が指示すると戻っていった。

僕はそれを確認してから、自分の足に縋りついている大きなウサギに目を向ける。大人しかったので触ってみたのだが、綺麗な灰色の毛並みは予想以上に手触りが良かった。

牙ウサギの仲間かと思ってウサギの口を手で開けてみたが、そこは動物のウサギと同じだった。

試しに従魔の住処から取り出したバースニップを一本与えたところ、前足で器用《きよう》に掴みムシャムシャ食べはじめる。

ウサギの頭に生えた三十センチ程度の角は、黒く光沢があり、黒曜石《こくようせき》みたいだ。

害はなさそうなので逃がそうとするも一向に動かない。しまいには、僕の掘った穴に角ネズミの死体を入れる手伝いをはじめた。

ドングリとアケビの主人である僕に、必死にゴマをすっているようにも見える。

「もしかして、君も僕たちの仲間になりたいのかい？」

大きなウサギは僕の言葉を肯定するように、角のある頭をコクコクと上下させた。

ウサギの姿はとても愛らしく、知らず頬が緩む。

「仲間は多い方が楽しいしね。よろしくね、ウサギくん」

右手をかざすと光の鎖が僕と大きなウサギを繋ぎ、そのまま僕たちを淡い光が包み込んだ。

従魔契約の完了だ。

このウサギは〝アルミラージ〟と呼ばれているなかなか有名な魔物だった。

毛皮と角が素材として人気があり、人間たちに乱獲《らんかく》されたことで、最近は数が減っている貴重な種らしい。

僕はウサギに〝レッキス〟と名付けた。

しばらくレッキスとじゃれていると、角ネズミたちを殲滅《せんめつ》したみんなが戻ってきた。早速新しい仲間レッキスを紹介し、そのままみんなで角ネズミの死体の処理に移る。

角ネズミの死体は広い野原いっぱいに転がっており、全ての処理を終える頃には、日は落ちて夜になっていた。

さすがに、穴を掘って、角ネズミの死体を放り込んで埋める、という作業をひたすら繰り返すのはきつく、僕は夕食後すぐに体をベッドに投げ出す。

そのままウトウトしはじめ、いつの間にか眠ってしまった。

こんなに疲れていたのだ、いつもならこのまま朝まで目が覚めることはなかっただろう。

それでも夜中に目が覚めたのは、ドングリとアケビが苦しそうに唸《うな》っていたから。

〝あんな、石みたいな魔石をボリボリ食べちゃうから、お腹を壊すんだ〟と思ったものの、眠い目を擦《こす》りながら二匹が眠るベッドに近寄る。

そんな僕の心を見透かしたかのように、レモンが声をかけてきた。

（主様、ドングリとアケビはお腹を壊したわけではありません）

彼女はそのまま続ける。

（クラークスという人間が言ったことは本当だったみたいですね。これは魔物化の前兆ですよ！）

僕とレモンが見つめる中、苦しそうな二匹の全身がうっすらと発光し、ベッドに横たわるドングリとアケビの体が少しずつ大きくなっていく。

顔つきも変わっていき、二匹の額からは角ネズミと似た短い角が伸びてきた。角の生えた額から一筋血が流れたため、僕は二匹が起きないようにハンカチで優しくその血を拭き取る。

新種の魔物が生まれた瞬間だった。

ドングリは体長二百五十センチくらい、アケビは百五十センチほど。

大きくなった体にはしなやかな筋肉がつき、額からは短くて硬い角が生えている。顔は精悍《せいかん》になり、全身から力が溢れていた。

真っ白な耳が、彼らがシロミミコヨーテだった証としてそのまま残った。

✿

夜中に魔物化したドングリとアケビに付きっきりだったため、二度寝した僕が再び目を覚ましたのは、太陽が真上に昇った昼過ぎだった。

冒険者ギルドで強制依頼についての発表が行われることを思い出し、急いで起きる。

進化したドングリとアケビは、僕が起きるとすぐにじゃれついてきた。

しかし、アケビが僕の手に頭をぐりぐり押し当てて甘えてきたため、僕は手を怪我してしまった。

角が生えたてでまだ感覚が掴めないから仕方ないのだが、彼女は本気で凹《へこ》んでしまった様子。

でも〝ごめんなさい〟というように僕の手をペロペロ舐めるアケビの姿は、血だらけの手の痛みを忘れてしまうくらい可愛い……

従魔の住処にある妖精の泉《フェアリーウエル》の湧水は、ほんの少しだが癒しの効果がある。乾燥させたクロヒバの粉末を泉で汲んだ水と混ぜて傷に塗っておけば血はすぐ止まるので、これくらい大したことはない。

僕はアケビに〝大丈夫だよ〟と言葉をかけ、彼女の頭を優しく撫でた。

手の応急処置を終えて、すぐに冒険者ギルドに向かう。

西門の兵士にギルドカードを提示して町に入ろうとすると、兵士たちから声をかけられた。

「ルフト、遅かったな。今日は大事な日なんだろう?」

「おはようございます。はい、大事な日なんですが、ちょっと寝坊しちゃいまして……」

「ははははは！　おはようってもう昼だぞ。ルフトらしいなあ、まったく……まあ、無理はするなよ」

「はい、ありがとうございます」

西門を抜け、冒険者ギルドへと急ぐ。

町には普段より多くの冒険者たちがいた。

その顔には一様に厳しさが窺える。ゴブリンのコロニーの探索結果が思わしくなかったのかもしれない。

冒険者ギルドの扉を開けて中に入ると、すでにたくさんの冒険者がおり、初めて見る顔もちらほら。冒険者同士で情報交換をしているようだ。

いつもとは違うギルドの雰囲気に萎縮《いしゅく》しつつも、僕は強制依頼の有無と内容を確認するため、依頼の貼り出された掲示板へと向かった。

「おう、ぼっちテイマー。やっと来たか」

グザンさんがいち早く話しかけてくる。

「グザンさん、おはようございます。〝暴走の大猪〟は調査隊に入っていましたよね？　コロニーの様子はどうでした」

「おはようって、もう昼なんだが……まあいい。うーん、そっちは予想以上だったな。それだけに、今回の情報を掴んだお前さんの評価はなかなかのもんだぞ」

グザンさんは小動物と戯《たわむ》れるように僕の頭をガシガシ撫でながら、ゴブリンのコロニーの探査結果について教えてくれた。

急遽《きゅうきょ》組まれた調査隊によると、アリツィオ大樹海の浅瀬に出現したゴブリンたちのコロニーは、推定五百匹という今までにない大規模なものだったそうだ。

そのコロニーは、集落というより小さな町のように建物が立ち並び、普通のゴブリンに比べて体の大きな上位種の姿もちらほら見られたという。

カスターニャの冒険者ギルドは、一ギルドでの対応は不可能だと判断し、近隣のギルド、及びリレイアスト王国にも協力要請を出したらしい。

かといって、何もせずこのままゴブリンの巨大コロニーを放置するわけにはいかないので、少しでもゴブリンの数を減らすための強襲作戦が約十日後に実行されるそうだ。

それはギルドによる強制依頼の扱いとなり、Fランク以上の冒険者には参加義務がある。

決行日の二日前には冒険者ギルドに顔を出し、参加登録をするように――と掲示板に張り出されているらしい。

「ぼっちテイマー……いや、ルフト。今回のゴブリン退治は参加する冒険者にとってきつい戦いになるだろう。しかもお前みたいな新米ならなおさらだ。出発までに少しでも強くなれるように、もがいてみせろ」

グザンさんは、そう言って僕の背中をばしっと叩き、仲間のいる方へ戻っていった。

準備期間は一週間以上もあるんだ。グザンさんのエールに応えられるように僕なりに頑張ってみよう。

強制依頼の内容を確認した僕は、すぐに町を出ることにした。

従魔のみんなと一緒に強くなるための特訓をするなら、できるだけ他の冒険者が来ない場所を選びたい。そう考えた僕は、ゴブリンの生息地よりさらに西にある不人気狩場の一つへ向かった。

不人気の一番の理由は、単純にカスターニャから遠いからだ。

しかも、そのあたりにいる主な魔物は、フォレストジャイアントレッドスコーピオン、フォレストジャイアントグリーンスコーピオン、フォレストジャイアントブラウンスコーピオンという大サソリ三種。

実際、大サソリはそれほど強い魔物ではないのだが、その見た目や毒を持っていることから毛嫌いする冒険者が多い。

そんな理由でこの大サソリたちの縄張りは、他の冒険者と獲物が被る心配もなく、力をつけるにはうってつけなのだ。

大サソリ対策として僕とテリアは、先端に玉ねぎのような丸い鉄の塊《かたまり》がついたメイスを準備した。

サソリの皮膚《ひふ》は硬いので剣は相性が悪い。やはり鈍器で叩いて倒すのが一番なのである。

フローラルとレモンには、『ストーンシャワー』の魔法で頑張ってもらうつもりだ。狩場に行く途中、みんなで大きい石を拾う予定だしね。

✿

その翌日。

結局、昨日は狩場への移動と石集めに丸一日費《つい》やしたため、今日の朝から大サソリ狩りを行うことになった。

大サソリはどの種も全長二メートルほどで力も強い。

みんなで囲んで先に麻痺毒《まひどく》を持つ尾を鈍器で潰し、次に両手のハサミと各足の関節を砕く。そして最後に頭を叩くといった手順でサソリたちを倒していく。

ちなみに大サソリの肉はまずいと評判なので魔石だけ抜き取り、一昨日倒した角ネズミ同様、死体は穴を掘って埋めることにした。

大サソリは群れないため、人数さえいればそう怖い魔物ではないのだ。

とはいえ、従魔もおらず、パーティにさえ入れてもらえなかった少し前の僕なら、勝てない相手だっただろう。

でも今なら、それほど難しい相手ではない。

こうして僕たちは、強制依頼の集合日ギリギリまで毎日大サソリを狩り続け、狙い通り戦力増強に成功した。

テリアとボロニーズが進化したのだ。

それは、大サソリを狩りはじめて二日目の夜のこと。

淡い光に包まれたテリアは苦しそうに呻《うめ》きながら、全身を変化させた。

僕より少し大きい百五十センチくらいだったのが、百七十センチほどの立派な成人男性体型になった。筋肉が増えて、顔は少し狼っぽく精悍になった。

ボロニーズの進化は、テリアより遅れて四日目の夜だった。彼も淡い光に包まれて進化したんだけど、装備や戦い方が影響したのか、テリアとは異なる体つきに変化した。

身長はテリアより少し低い百六十センチくらい。しかし、全体的に少し太いというかがっちりしていて、手足は短く安定感がある。

魔物に詳しいフローラルによれば、テリアは〝コボルトウォリアー〟という攻撃に特化した能力の高い種族、ボロニーズは〝コボルトガード〟という守備に特化した種族に進化したようだ。

顔はテリアが狼っぽいのに対し、ボロニーズはより犬感が強くなった。

進化した二匹はかなり強かった。

みんなで取り囲んで倒していた大サソリを、一匹でサクッと倒してしまう。

まあ、フローラルとレモンも魔法を使えば一匹で大サソリを倒せそうだし、僕以外はみんなそこそこ強いんだよね。

この前仲間になったばかりのアルミラージのレッキスだけは色々不器用というか、ある意味、僕と同類な気がする。

ドングリとアケビも魔物の体に馴染んできたらしく、日々強くなっている。

フローラルとレモンには、新しい魔法のスクロールを手に入れてあげたい。カスターニャに戻ったらメルフィルさんの店に寄ってみようかな。

✿

大サソリの縄張りで強化合宿を終えた僕たちは、カスターニャの町へ延びる街道をのんびり歩いていた。

僕の両脇にはドングリとアケビ、その背中にはフローラルとレモンが跨《また》がっている。そして僕の後ろからはテリアとボロニーズが続く。レッキスは歩くのが面倒みたいで、従魔の住処でお留守番だ。

「ねー、フローラルにレモン。ドングリとアケビの背中はどんな感じ？」

二人がそれぞれ口を開く。

（魔物に進化して大きくなったのもあって、なかなかの乗り心地ですぞ）

（私もそう思います！　主様は、二匹の防具直しが大変そうでしたけど）

僕がそんなことを聞いたせいか、ドングリが尻尾を振りながら、〝乗ってみる？〟と言わんばかりに体を寄せてくる。

「ありがとう、でも僕は大丈夫だよ」

僕はそう言って、ドングリの頭をくしゃくしゃと撫でた。

「あるじ、なに、かんがえてた」

いきなり乗り心地を尋ねたことに疑問を感じたようで、テリアが聞いてくる。僕は歩きながら考えていたことを話した。

今回のドングリとアケビのように普通の動物が魔物になるなら――例えば馬を従魔にして魔物化したら凄く足の速い馬の魔物になるかもとか、牛が魔物化したら大きくなって牛乳飲み放題になるのでは、とかそんなことだ。

「ぎゅうにう、たくさんのむ。さんせー」

意外と乗り気なテリアの言葉に笑っていると、今度はレモンが話に加わる。

（主様は面白いことを考えますね。ただ、牛や馬を飼うのは大変だと思いますよ？）

「どうしてだい、レモン」

（彼らは草食ですから。馬でさえ一日十五キログラム、牛は三十キログラムの草が必要になります。従魔の住処を全て畑にして、彼らの好きなイネ科やマメ科の植物を育てても間に合いません）

「なるほど……やっぱり従魔にするなら肉食の動物か」

（魔石を砕いて水に混ぜ、植物にかけてみたら、草食の魔物を賄《まかな》えるようになるかもしれませんが）

「植物にとって、それは平気なのかい？」

（私たち妖精は植物の味方ですから、植物が嫌がるようなら、主様にきちんと言いますよ）

まったりした会話をしながら進んでいると、後ろから数台の馬車と複数の馬に跨った人が近づいてきた。

彼らも僕たちに気付いたのだろう。馬と馬車の速度を緩めて一定の距離を取り、ゆっくり様子を見るように後ろをついてくる。

今回のゴブリンのコロニー襲撃作戦に参加する一団なのだろうか？

そういえば、今までこのあたりで人と会うことがあまりなかったから、ついみんなを従魔の住処から出したままにして油断していた。

集団の中から、馬に乗った三人の男がこちらに近づいてきた。

一番前にいる男は三十歳前後といったところ。緩やかに波を打つ柔らかそうな金髪を撫でながら、親しみやすい笑顔で話しかけてきた。

「こんにちは。急に声をかけてしまってすまないんだが、魔物が行儀よく街道を並んで歩いているのを見て驚いてしまってね」

馬に乗った三人とも、左胸に百合《ゆり》の紋章が描かれた同じ鎧を着ている。どこかの国の兵士だろうか？

疑われるのは嫌なので、僕は首にかけてあるギルドカードを見せながら話に応じる。

「はじめまして、僕はこの先のカスターニャの町で活動している冒険者で、テイマーのルフトといいます」

「ほぉ、テイマーの冒険者とは珍しい。しかも従えているのはコボルトの上位種に妖精か？　それに角のある狼の魔物とは初めて見る。連れている魔物たちが皆珍しいな」

金髪の兵士の隣にいた角刈りで屈強そうな髭《ひげ》の兵士が、驚いた表情でそう言った。

「はあ、僕は自分以外のテイマーの冒険者を知らないので、僕の従魔たちが珍しいかどうかも……」

「すまんすまん。これだけの従魔を引き連れたテイマーは、王都でも見たことがなくてな。驚いてしまったんだ。俺はリレイアスト王国の兵士グレド。こっちの金髪が兵士長のアルトゥールで、あっちのどこにでもいるような顔をしたやつがボルツだ。よろしくな、ルフト」

「こらグレド、兵士長の俺にその言いぐさはないだろう」

「特徴はありませんが、ボルツです。よろしくお願いします」

グレドさんの紹介に反論するアルトゥールさんと、意に介した様子もないボルツさん。僕も彼らに挨拶を返した。

「こちらこそよろしくお願いします」

僕たちのことを危険ではないと判断したらしく、離れていた馬車や馬に乗った他の兵士たちも近くまで寄ってきた。

アルトゥールさんたちは僕が思っていた通り、今回の襲撃作戦参加のため、リレイアスト王国から派遣された兵士だそうだ。約五十人が応援として駆けつけているらしい。

アルトゥールさんが率いる部隊は、傭兵《ようへい》上がりの人間も多いらしく王国の兵士にしては気さくだった。僕が従魔の住処で収穫したリンゴを振る舞うと、みんな喜んでくれた。

初対面なのに従魔たちとも普通に話しているし、特にグレドさんなんかはテリアとボロニーズが気に入ったみたいだった。彼と数名の兵士、そしてテリアとボロニーズで手合わせまでしていたほどだ。

動物が好きそうな兵士さんたちは、ドングリとアケビのモフモフを満喫《まんきつ》していた。

「それじゃあ、ルフト君、俺たちは先に行くよ。カスターニャの町でまた会おう」

「また後でな、ルフト」

別れ際、兵士の皆さんが声をかけてくれた。僕たちも彼らの姿が見えなくなるまでずっと手を振り続けた。

「僕の方こそ楽しかったです。ありがとうございました」

〝またなー〟とか、〝あっちでもドングリちゃんとアケビちゃんと遊ばせてくれよ〟とか、〝リンゴまた食いてぇー〟等々の声が次々に聞こえては消える。

ぼっちテイマーと蔑まれてきた僕が、初対面の人たちにこれだけ優しく接してもらえたのは初めてだった。

しかも相手は傭兵上がりとはいえ、アリツィオ大樹海という世界有数の魔物の生息地を抱えたリレイアスト王国の兵士たちだ。

――嬉しいな。

僕は素直にそう思えた。

（主様、人間にしては、なかなか話のわかる者たちでしたな）

フローラルがそう呟くと、テリアも頷いた。

「おいらたぢも、けんのうでがいいで、ほめられた」

アルトゥールさんたちは、従魔たちにも好印象だったようだ。

魔物である彼らは、テイマーの僕以上に多くの人間たちから敵視されてしまうことが多い。

そんな従魔たちが、僕以外の人間と楽しそうに話す姿を見られて、僕はとても嬉しかった。


僕たちがカスターニャに到着した時には、町のそこかしこに冒険者っぽい人々が溢れていた。

僕は必要なものを揃えるため、冒険者ギルドより先にメルフィル雑貨店に行くことにした。

雑貨店に着き、僕は扉を開ける。

強制依頼でカスターニャの町に冒険者が集まっている影響なのか、普段よりも店内は多くのお客さんで賑わっているように見える。

「メルフィルさん、こんにちは。忙しそうですね」

「これはこれは、ルフト様。今日もたくさんリンゴを持ってきていただけたのですね」

僕が手に持った大きな袋が見えたのだろう。メルフィルさんは嬉しそうに微笑んだ。

「多い分には困らなそうですし、持ってきちゃいました」

「いつもありがとうございます。大好物ですからいくらでも歓迎ですよ。今回の強制依頼はかなり大規模な作戦みたいですね。私どもも商品の入荷が追いつかず困っておりました。ルフト様、もしよろしければリンゴ以外にも何か譲っていただけるものはないでしょうか？」

メルフィルさんの表情は繁盛《はんじょう》している嬉しさ半分、忙しさからくる疲労半分といったところだ。

僕は手元にある売れそうなものを思い浮かべる。

「多めにある薬草と以前ゴブリンを狩った時に拾った武器がまだ少し……ただ、武器の状態はあまり良くないんです」

「今はなんでも商品になりそうですし、一応見せていただけますか？」

僕は、傷だらけで売り物にならないと思って従魔の住処に放り込んでいた武器を取り出して、薬草と一緒にメルフィルさんに見せた。

「ほー これは……武器も少し手直しすれば売り物になりそうですね。ルフト様、全て買い取らせていただけないでしょうか？」

「はい、喜んで。処分に困っていたものですから、金額もお任せします」

「ありがとうございます」

どれも、本当にいらなかったので、これでメルフィルさんが喜んでくれるのなら僕としては満足だ。

ついでに魔法のスクロールが入荷していないか聞いてみると、メルフィルさんは〝そういえば〟と切り出した。

「最近いくつか買い取ったものがありまして、魔術師ギルドに渡す前にぜひルフト様にもお見せしたいと思っておりました」

「本当ですか！　ありがとうございます。メルフィルさん」

魔法のスクロールはできるだけ魔術師ギルドに納めるという暗黙の了解がある。

それでも僕を優先してくれるなんて、とてもありがたい話だ。

「ルフト様はうちのような専門店でもない雑貨屋を贔屓《ひいき》にしてくださるんです。数少ない冒険者のお客様ですから、魔法のスクロールの優先販売程度はお安い御用ですよ」

前回同様、メルフィルさんは僕を店の奥へと案内した。

彼が取っておいてくれたのは『ファイアーアロー』『アイスバレット』『エアーシールド』の初級魔法三つと『サンドストーム』という中級範囲魔法が一つだ。

『ファイアーアロー』は火の矢、『アイスバレット』は氷の弾丸を撃ち出す魔法で、『マジックミサイル』同様、レベルの上昇と共に一度に放てる弾数が増えていく。

『エアーシールド』は空気の盾をつくる防御魔法だ。これもレベルが上がるほど、持続時間が増えて盾も大きくなっていく。

砂嵐を起こす魔法『サンドストーム』は、『スリープミスト』などと同じく、レベルが上がるたびに効果範囲が広くなる。中級魔法なので、初級魔法に比べて射程距離や持続時間が長いのも強みだろう。

「これ、中級魔法じゃないですか。いいんですか、魔術師ギルドに届けなくても……」

「中級といってもこれは単なる目くらましの魔法です。それに、魔術師ギルドに渡す場合はタダ同然の値段ですし、どうせならルフト様に買っていただいた方がいいと思っております」

そう言って笑ってみせるメルフィルさんの表情には、大人の余裕があり、格好良かった。

僕は彼が取っておいてくれた魔法のスクロールを全て購入した。これでフローラルとレモンもパワーアップだね。

火の精霊と繋がりがあるキンギョソウの妖精フローラルシャワーは、『ファイアーアロー』を覚えられた。しかし、植物の妖精の大半は火魔法との相性が悪く、レモンクィーンには無理そうだ。

逆に中級魔法の『サンドストーム』は、魔法特性の高いレモンは覚えることができたが、フローラルには無理だった。

✽

僕が冒険者ギルドの扉を開けると、中は多くの冒険者たちで賑わっていた。三つある受付窓口は全て、今日は強制依頼の登録専用になっている。

僕はいつも通りイリスさんのところで手続きを済ませる。

「ルフト君、準備は万全に整ったかな？」

「はい、僕にできることはしてきました」

「そっか、頼もしいなー。じゃあ、強制依頼に登録しておくわね」

〝お願いします〟と軽く頭を下げてその場を離れる。さすがに今日は雑談している暇はなさそうだったからね。

今回の強制依頼は、いくつかのパーティが集まって大きなチームを組み、チームごとに作戦をこなす形になるらしい。チームメンバーは、各チームのリーダーがパーティや個人の登録者の中から選んでいくようだ。

そうなると、僕のようなぼっちの冒険者を選ぶチームリーダーはいないだろう。

下手したら、強制参加の依頼にもかかわらず僕は所属チームがなく出番なし——なんてこともありそうだ。

何より、ぼっちテイマーと呼ばれる僕を入れたら、そのチームリーダーが他のメンバーたちから責められそうだよな。そう考えるとなんか色々面倒な気がしてくる。逃げ出したい……これは、選ばれない方が幸せになれそうだ。

今は、厄介事《やっかいごと》を避けるためにも、早めに冒険者ギルドを出た方が良いだろう。テイマーというだけで、役立たずだの邪魔だの言ってくる冒険者は多いのだから。

絡まれるのが嫌で、空《す》いている時間を狙って冒険者ギルドに来ていたというのに、今日はみんな強制依頼の件で集まっている。以前絡んできた冒険者の姿もちらほら見える。

僕が冒険者ギルドを出ようと入口へ歩きはじめた時、そいつが現れた。

「おや、ぼっちテイマーじゃねーか。てめえ、まだ冒険者続けてんのか、この役立たずが！」

目の前にいるこの男は、Cランク冒険者のディアラ。クラスは〝ウォリアー〟で、実力のある戦士だ。現在売り出し中のパーティ〝爆炎《ばくえん》の槍《やり》〟のリーダーでもある。

僕がこの町に来てすぐの頃からこいつは何かと絡んできた。今日もできるだけ会いたくなかった人間の一人だ。

この男のパーティに入団希望の届けを出したのが、僕にとって大きな間違いだったのだろう。あの頃は、断られるのを覚悟で全てのパーティに入団希望を出していたからね……まあ、万が一この男のパーティに入っていたら、僕は今頃、最悪な生活を送っていたと思うけど。

「目障りなんだよ、さっさとこの町を出ていきやがれ！」

僕はその言葉を無視して、彼と目を合わせないまま冒険者ギルドを出ようとしたが、爆炎の槍のパーティメンバーが行く手を塞《ふさ》いだ。

「逃げんなよ、ぼっちテイマー」

出ていけと言ったり、逃げるなと言ったりどっちなんだ——と直接言葉に出す勇気はないので心の中で呟き、僕は後ろから近づいてくるディアラを睨んだ。

その態度が気に入らなかったのだろう、僕に掴みかかろうと手を伸ばしたディアラだったが――

また別の男が現れ、僕の前に立ってその手を遮《さえぎ》った。

「うるさいねー、最近の冒険者は。俺の友人になんの用だい？　急に掴みかかるなんてマナー違反じゃないか」

突如現れたのは、波を打つ金髪の男性。僕がカスターニャに戻る道中で出会ったリレイアスト王国の兵士、アルトゥールさんだ。

「あぁ？　なんだテメーは」

「俺か？　俺はリレイアスト王国第四兵団の兵士長アルトゥールだ」

「王国の兵士がそのぼっちテイマーの友人？　そんな雑魚、何に使うんだよ。弾除《たまよ》けか？」

ひたすら僕を侮辱《ぶじょく》し続けるディアラに対して、アルトゥールさんは飄々《ひょうひょう》としながらもしっかりと言い返す。

「ルフト君はうちのチームの重要な戦力でね。それに彼は君のような口先野郎よりずっと強いさ」

「なんだと！」

今にもアルトゥールさんに掴みかからんばかりのディアラ。そこへ、こちらも強制依頼の受付に来ていたらしいグザンさんが止めに入った。

それでもディアラは口を閉じない。

「なら、ぼっちテイマーが俺より強いってとこを見せてもらおうじゃねえか！　死んだら友達の兵士長さんを恨めよ、ぼっちテイマー。グザンの旦那は立会人を頼む」

そしてディアラは、僕に向かってハンカチを投げる。突然のことでよくわからず、僕は反射的にそれを拾ってしまった。

相手にハンカチを投げるという行為は決闘の申し込みを示し、ハンカチを拾った者はその決闘を了承したことになる。

たとえ反射的に拾ってしまっただけであっても、もう後戻りできない。こういう事態に慣れてなさすぎて失念していた。

「早く来やがれ、ぼっちテイマー」

ディアラはそう言い捨てて訓練場へ歩き出した。

「すまない、ルフト君。魔物とあれほどの信頼関係を築いている君を馬鹿にされたのが許せなかったんだ。でも、僕は信じている。君があんな男に負けるはずがないとね」

「いいんです、アルトゥールさん。テイマーだとわかってもアルトゥールさんをはじめ、兵士の皆さんは僕に対等に接してくれました。あの時、僕は嬉しかったですから」

それだけ言って、僕も訓練場へ向かった。

僕とディアラが訓練場で向かい合う。訓練場を囲む見物席には、野次馬の冒険者たちが押し寄せていた。

✽

受付窓口を放り出して来たのだろうか、強制依頼の受付で忙しいはずのイリスさんもいて、凄く怖い顔で僕を睨んでいる……うん、今は忘れよう。

「すみません、先に従魔を呼んでもいいでしょうか？」

僕が聞くと、ディアラは声を荒《あら》らげる。

「たりめーだろ！　てめーはテイマーなんだ、好きなだけ出しやがれ。俺が全部殺してやるからよ」

立会人のグザンさんを見ると、すぐに首を縦に振って肯定の意を示してくれた。僕は早速フローラルシャワーとレモンクィーンを呼ぶ。

（主様、呼んでいただきありがとうございます。従魔の住処にも主様が聞いた音は届いておりました。あやつの無礼な態度、私も激怒しております）

（あのようなゴミの掃除は、私とフローラルにお任せください！　主様の手は煩《わずら》わせませんわ）

「信じているよ、二人とも」

ディアラは二匹を見て鼻で笑った。

「なんだ、そのちびっこいのは。テメーにぴったりな雑魚っぽい従魔だな」

僕の両脇にいるのは、赤い鎧に身を包んだおじいさん妖精フローラルシャワーと、黄色い装いの少女の妖精レモンクィーン。この二匹を見て、野次馬の冒険者たちがざわめいている。きっとみんな、妖精を見たことがないのだろう。

グザンさんが見物客にも聞こえるように大きな声で、簡単に決闘のルール説明をする。

「お互い死んでも文句はなしだ。立会はこのグザンが責任を持って行う。俺が投げる銅貨が地面に落ちたら、それが開始の合図だ」

彼は僕とディアラに問うように軽く視線を向ける。それに頷く僕とディアラ。

グザンさんは銅貨を高く放り投げ、そのまま素早く後ろへ下がった。銅貨が宙に舞うと、ディアラは剣を構えて腰を落とす。

僕とディアラの距離は約五メートル。

銅貨が地面に落ちるのと同時に、彼は突っ込んでくるつもりなのだろう。

訓練場全体に緊張が走った。

銅貨が地面に触れるその瞬間――ディアラが前に出た。

しかし、彼が移動できたのはわずか一メートルほどだ。フローラルとレモンの『スパイダーネット』がディアラの体を包み込んで動きを止める。

「小賢《こざか》しい魔法を！　こんなものすぐに……」

しかし、ディアラを含めた訓練場にいる多くの冒険者が、その光景に目を見張った。

彼の目の前には、魔法による光の矢が十四本も浮かんでいる。

これらは二匹の妖精が作り出したものだ。

「待て、ぼっちテイ……」

それは一瞬だった。

魔法の蜘蛛の巣に捕らわれて防御の姿勢も取れないディアラに、魔法の矢が一斉に襲いかかる。

後ろに吹き飛び、血だらけになって転がるディアラ。

フローラルとレモンはさらに追撃の魔法を準備するけれど、それを遮るようにグザンさんが止めに入る。

「そこまでだ、勝負あり」

グザンさんは血だらけで転がるディアラの状態を見て、回復のためにヒーラーを呼んだ。幸いというか、ディアラにはまだ息があるらしい。

ふとイリスさんの方を見ると、彼女は目に涙をためて凄くほっとした顔をしていた。

これは、怒られないで済むかな……？

そんなふうに思って胸を撫で下ろしていると――

「ぼっちテイマー、お前は……！」

ディアラ以外の〝爆炎の槍〞のメンバーが訓練場に次々と下りてきて、武器を手にしたまま僕に向かって走ってくる。

装備を見る限り、戦士二人と神官が一人か……神官は回復要員でもあるんだから、倒れてるディアラの治療に行けばいいのに、と内心突っ込みを入れてしまった。

でも、その三人は僕のところまで辿り着くことはなかった。

アルトゥールさん、グレドさん、ボルツさんが彼らを取り押さえたのだ。

「やれやれ、最近の冒険者は決闘のルールも守れないのかよ」

「グレドに言われるのだからよっぽどだね。でもこれは、さすがに目を瞑《つむ》るわけにはいかないな」

グレドさんとアルトゥールさんが呆《あき》れたように呟いている。

アルトゥールさんの命令で待機していたのだろう、兵士たちが訓練場に下りてきて三人に縄をかける。

しかし、見物席にいた人の興味は、捕らえられた三人よりも僕に向いていた。

〝テイマーは自分より弱い魔物としか契約できないんじゃないのか〞とか、〝あの二匹は本当になんなんだ？　魔法の威力からして精霊じゃないのか〟とか。あるいは、〝あいつ、テイマーじゃなくて実はサモナーじゃ……〟などなど、僕の話で持ちきりなようだった。


その後のことは、アルトゥールさんたちが引き受けてくれた。

正式な決闘の最中にもかかわらず僕に襲いかかろうとした三人組は、この強制依頼が終わるまでの間、カスターニャの町にある牢屋《ろうや》に入れられるそうだ。処罰は、強制依頼終了後、アルトゥールさんたちとギルドマスターで決めるのだという。

いくら国の縛りを受けない冒険者ギルドとはいえ、ギルドが置かれた国と町のルールを守る義務はあり、今回の件は見逃せないとのことだ。

アルトゥールさんは〝ギルドマスターにきちんと文句を言っておくから任せておけ〟と言ってくれたけど――ますますギルドに居づらくなりそうだ。

まあ、この強制依頼が終われば、他の冒険者たちと関わることもあまりないだろうし、今回はアルトゥールさんたちとチームを組めるらしいから問題ないかな。

僕は作戦の打ち合わせのために、明日アルトゥールさんたちが泊まる宿屋に顔を出す約束をして、そのまま帰ることにした。

僕を嫌う一部の冒険者が襲ってくる危険性を考慮して、アルトゥールさんは町の外まで六人の兵士を護衛につけてくれた。

外まで行けば、従魔のみんなを自由に出せるからね。従魔登録さえすれば、町中でも従魔を連れて歩けると思っていたのだが、基本はダメらしい。

今の僕にとってはカスターニャの町より、従魔たちと一緒にいられるアリツィオ大樹海の方が安全な気もするよ。

✽

ルフトが去った後、冒険者ギルドの会議室には、強制依頼の話し合いをするため、関係者が一堂に会していた。

今回の作戦における各チームのリーダー、及び副長を任されている名のある冒険者たち、それらに加えてカスターニャの町の有力者まで来ている。

またリレイアスト王国の代表として、兵士長アルトゥールと副長のグレド、もう一人の兵士長バルテルメとナンバー2のレールルダムも出席していた。

そして広い会議室の上座《かみざ》に座る男が、この町の冒険者ギルドのギルドマスター、カストルだ。

カストルは冒険者上がりである。その体は筋肉質で肩幅が広く、服の上からでもよく鍛《きた》えられているのがわかった。

優しい顔立ちだが、全身からは荒々しい気配が醸《かも》し出されている。現役の冒険者と言われれば
きっと誰もが信じてしまうだろう。

その威厳にも臆さず最初に口を開いたのは、アルトゥールだった。

「冒険者ギルドが国に縛られない組織というのは理解しているし、荒くれ者が多いのもわかる。しかし、ディアラとかいったか、あんなのが冒険者として大きな顔をしているのはおかしいだろう！」

「アルトゥール、お前だって冒険者出身なら、ギルドが全ての冒険者を管理できないことはわかっているはずだぜ」

感情を抑えきれない様子のアルトゥールとは対照的に、カスターニャのBランク冒険者グザンは冷静だった。

アルトゥールがそんなグザンを揶揄《やゆ》するように言う。

「グザン、昔のお前なら、殴ってでもあの場を収めたんじゃないのか」

「ふっ、大人になったんだよ。てか、お前、ぼっちテイマーを随分と買ってるようじゃねーか」

「ルフト君をぼっちテイマーと呼ぶのはやめろ。俺は、有能な人間をクラスで判断する冒険者の考え方が大嫌いなんだ」

声を荒らげてやり合う二人を見かね、カストルが話に割って入る。

「アルトゥール殿もグザンも落ち着いてくれ。今日はゴブリンのコロニー奇襲作戦のチーム決めをしなければならないんだ。言い争ってる暇はない」

カストルはそこでいったん言葉を切ると、冷静に話を続ける。

「とはいえ、そのルフト君のことなんだが、今回の作戦では彼をアルトゥール殿に任せたいと思う。ただアルトゥール殿、多くの冒険者がテイマーというクラスを見下しているのは昔からなんだ。たった一人優秀な者が出てきても、状況が変わらないことは理解してほしい」

カストルはアルトゥールに頭を下げた。

それでもまだ不満そうなアルトゥールは顔を逸らすと、話を切り出す。

「それならこの強制依頼の後、ルフト君をリレイアスト王国の兵士として俺が引き受けるのも一つの手だと思うのだが……」

「アルトゥール殿、彼の一番の願いは冒険者でいることだ。もちろん、我々も彼の能力を無駄にする気はない。彼には作戦の後、カスターニャより西、アリツィオ大樹海の〝未開の地〟の探索を、ギルドからの指名で依頼する予定だ。君たちが仕える王も、未開の地の早期解明を望んでいると思うぞ」

カストルはルフトの評判をすでに聞きつけ、その能力の高さを多少評価していたらしかった。

「なるほど、ルフト君を他の冒険者から引き離すのか……まあいい。彼は冒険者だ。判断はギルドマスターに任せよう」

アルトゥールは不満顔のままカストルの提案を呑んだ。

さらに彼はルフトが町で他の冒険者に襲われないように、町の中でも従魔の同伴を求め、人型の魔物一匹であればという許可を得たのだった。


テイマーの持つ従魔の住処という空間が、未開の地の探索に適した能力であることは以前より言われていた。しかし、テイマー自身と使役する従魔が弱いせいで、その任務に当たれる人材はいなかった。

ルフトというイレギュラーな存在の登場により、状況は変化した。ここ数百年進展のなかった未開の地の探索を進められる可能性があるのだ。

一つでも多くのダンジョンを見つけたい、新たな魔物の素材を手に入れたいというのが、国の望みであった。

もちろん、ここに座る人間の大半は、テイマーという役立たずにそこまでの期待はしていない。

しかし誰も損をするわけではないので、任せてもいいという話にはなったのだった。

第二章　ゴブリン退治

（主様、おはようございます！）

ディアラとの決闘の翌日、従魔の住処にレモンの元気な声が響いた。

「レモン、おはよう。昨日はお疲れさま」

僕がそう返すと、レモンはにっこり笑って尋《たず》ねてくる。

（主様は昨日のことを後悔されていますか？）

僕は少し考えてから、自分の考えを伝える。

「うーん、僕はあのディアラって男が大嫌いだったんだよ」

（あんなゴミ人間、嫌いなのは当然です）

「ゴミって……まあいいや。あの時、僕は無意識にディアラのハンカチを拾ったと思ってたんだけど……今になって思えば、あれは僕がちゃんと意識してたんだと思う」

（意識して、ですか？）

「うん。冒険者ってさ、実は人同士で戦う経験は少ないものなんだよ。だからこそ、魔法を使う相手との戦いには慣れていない人が多いんだ」

(そういうことですか。つまり、主様はフローラルと私がいる限り、負けるとは微塵《みじん》も思っていなかったんですね)

「嫌なやつだよね。頭に血がのぼったアイツが、魔法に対処できないのも最初からわかっていたのに……」

僕はそう口にして、ちょっとだけ顔を歪《ゆが》める。

(……主様、ご飯を食べて嫌なことは忘れてください)

「ありがとう、レモン。アルトゥールさんたちも待っているから、早めに朝食を済ませてそろそろ出かけなきゃだね」

朝食を終えて食器を片付けた後、僕はアルトゥールさんから渡されていたメモを頼りに、彼らの滞在する宿屋へと急いだ。アルトゥールさんたちが泊まっているのは、カスターニャの中央付近にある〝銀猫亭《ぎんねこてい》〟という宿屋だ。

到着した僕は宿屋の受付に用件を伝える。すぐに二階からボルツさんが下りてきた。

「ルフト君、おはよう」

「おはようございます、ボルツさん。早かったでしょうか？」

「いや、大丈夫だよ。みんなとっくに起きてるからね」

ボルツさんに続いて二階へ上る。

彼らの部屋は二階奥にある大部屋で、僕が中に入った時には、アルトゥールさんたちは中央のテーブルに地図を広げ、今度の作戦について話し合っていた。

「お、来たかルフト君。昨日は色々すまなかったね」

アルトゥールさんはそう言いながら、僕を椅子に座るように促す。

部屋の中には、グレドさんにボルツさん、もう一人の兵士長バルテルメさんと副長のレールダムさん、他に七名ほど兵士たちがいる。

僕は椅子に腰かけつつ、アルトゥールさんに言う。

「いえ、あれは僕が発端ですから。気にかけていただき、ありがとうございます」

「ふっ、ルフト君はまじめだね。そうそう、冒険者ギルドのギルドマスターと話したんだが、人型の従魔であれば町の中で連れて歩いても良くなったよ。一匹だけ、という制限つきではあるがね。まあ、あんなことの後だ、従魔が側にいた方がルフト君も安心できるだろう」

さて、と一呼吸おいてアルトゥールさんは仕切り直し、今回の作戦について説明する。

「リレイアスト王国から派遣された兵士の大半は、万が一ゴブリンが攻めてきても迎え撃てるように、カスターニャの町に残って防衛任務に当たることになった」

「僕もその防衛任務に加われればいいのでしょうか？」

僕が心配そうに問うと、アルトゥールさんは首を横に振る。

「いや、ルフト君には俺たちと一緒に奇襲部隊に加わってもらう。奇襲部隊のメンバーは俺ともう一人の兵士長バルテルメ、そしてグレドにレールダム。残りは今選考中だが、全員で十名前後になる予定だ。防衛隊の方は、ボルツに町に残ってもらう」

奇襲部隊と言われ、僕はさらに驚いて尋ねる。

「僕はFランクの冒険者です。本来なら上位ランクの冒険者が参加するような奇襲部隊に加わっていいのでしょうか？」

すると、アルトゥールさんはにこやかに笑って答えた。

「問題ないよ。君は昨日、Cランク冒険者に勝っているしね」

「ま、一緒に頑張ろうぜ、ルフト」

アルトゥールさんに続いて、グレドさんが言った。

「グレドさん……」

「俺たちは、テイマーだからって理由でお前を侮らない。そうだろう、バルテルメの旦那？」

「旦那じゃなくて兵士長ですよ。もちろん私も強い仲間は歓迎だよ、ルフト君。美味しいリンゴもね」

バルテルメ兵士長は文官って雰囲気の人なのだが、こう見えて槍の達人だという。人は見かけによらないものだ。

ちなみに、副長のレールダムさんは高身長で筋肉のついたがっしり体型。三十代前後で黒髪のオラオラ系イケメンお兄さんである。

改めて彼らが囲むテーブルの上の地図を見る。そこにはすでにいくつかの印がつけられていた。その印は、チームごとの奇襲作戦の行動開始位置になるという。

今回の狙いは、ゴブリンたちの完全な殲滅ではなく、上位種を複数狩ることらしい。これで動きを封じ、数年間はカスターニャの町に手出しできないようにするとのこと。そしてその数年間を利用して、国と冒険者ギルドでゴブリンのコロニー殲滅作戦の準備を綿密にするようだ。

リレイアスト王国としては、一年半から二年くらいかけてゴブリンのコロニーを徹底的に潰す予定なのだと、アルトゥールさんは教えてくれた。

「殲滅戦の時はルフト君にも早めに手紙を出すから、力を貸してくれよ」

「本当に僕なんかでいいんでしょうか……」

「いいに決まっているじゃないか」

その後も、作戦会議は続いた。

明日早くこの町を出て、目的の場所を目指すらしい。到着はおそらく二日後。

目的のコロニーは、カスターニャの町から西に半日ほど歩き、そこから中域を目指して南へ進んでいった地点にあるそうだ。

大雑把《おおざっぱ》な説明だったけど、〝詳しいことは俺が聞いているから任せろ〟とアルトゥールさんが言うので、僕は後をついていけばいいだろう。

到着予定の二日後の夜、それぞれのチームが問題なく開始地点に辿り着いたことを確認できたら、次の日の朝早くに狼煙《のろし》を上げる。それが作戦開始の合図となる。

ちなみに、ゴブリンたちのコロニーはかなり広い窪地《くぼち》にあり、周囲を覆《おお》うように高さ三メートルくらいの壁が築かれているそうだ。

壁を登って侵入するのか、壁を壊して入るのかは、各チームに任されているらしい。

一番の目的は、ゴブリンの上位種を探し出して殺すこと。そして、余裕があるなら次の殲滅作戦に繋がるようにゴブリンの町の情報収集、といった感じだ。

僕はみんなに提案する。

「壁を壊すにしても登るにしても、使う道具は全て僕の従魔の住処に入れておけば最低限の荷物で動けると思います」

「便利な能力なんですね」

バルテルメさんが感心したように頷いている。

「僕と従魔以外の人も出入りできたら、もっと役に立つんですが……」

「ははは、それは贅沢を言いすぎだよ」

それから僕はアルトゥールさんから、リレイアスト王国の鎧を着ないかと提案された。

初めて会った時に彼らが着ていた鉄の鎧と同じように、左胸にリレイアスト王国の紋章が刻まれた鎧だが、奇襲作戦用の特別なものらしい。ハードレザーとソフトレザーで作られ、胸の部分だけ金属板で補強されている。

革はアリツィオ大樹海中域の魔物、ジャイアントボアの皮を鞣《なめ》したもので、革鎧としては上質なようだ。サイズ的に僕のような子供には合わなかったが、テリアとボロニーズにぴったりのものがあり、二着譲ってもらった。

テリアとボロニーズに鎧を合わせていた時、グレドさんがテリアの持っていたファルシオンに興味を持ったため、抜いて見せてあげた。このファルシオン、なかなかの業物《わざもの》なのかもしれない。

グレドさんは剣に詳しいらしく、国内の鍛冶職人が手掛けた剣はだいたい把握しているそうだが、このファルシオンを鍛えた鍛冶職人には心当たりがないらしい。

ゴブリンを倒した時に得たのだと教えると――

「ゴブリンの鍛冶職人が鍛えた剣なら、やつらの技術も大したものだな」

グレドさんはそう言って感心したように頷いていた。

「僕は剣には詳しくないんですけど、拾った時にこのファルシオンは良い剣だっていうのはわかりました」

「切れ味も良さそうだし、俺たちに支給されている数打ちのブロードソードとは別格だな……」

「実はもう一本拾ったんですが、良かったらどうですか？」

僕がそう提案してみると、グレドさんは目を輝かせてこちらを見る。

「いいのか……？」

「はい、僕には使えませんし、鎧を二着もいただきましたので、交換ってことで」

「本当か！　ありがとうな、ルフト」

グレドさんはよほど剣が好きなのだろう。こんなことで思いっきりハグされてしまった……正直、背骨が折れるかと思ったよ。

僕を解放したグレドさんは、ファルシオンを嬉しそうに眺めていた。

その後しばらくしてアルトゥールさんに、〝落ち着け〟と頭を叩かれていたけど、それは見なかったことにしておこう。

とにかく、グレドさん以外の兵士もファルシオンの出来栄えには驚いていた。

もしゴブリンの鍛冶職人が作ったのであれば、そいつも上位種と同じくらい重要なターゲットになるかもしれない。

ただ、ゴブリンが鍛冶技能に優れているなんて聞いたことがない。人間の鍛冶職人が囚われ、無理やり武器を作らされている可能性の方が高いんじゃないだろうか。

そういった事情もあり、僕たちは明日朝早くにカスターニャの町を出て、できるだけ早く目的地に向かい、コロニーの偵察に時間を割《さ》くことにした。

仮に工房があった場合、煙突から煙が上がる大きな建物を探せば、その場所は掴めるだろう。僕たちの突入場所から近い位置にあるのなら、そこへの襲撃も作戦に入れる。

明日は早朝から同じチームで行動するので、今日は僕もアルトゥールさんたちが泊まっている宿屋で休むことにした。

従魔の住処があるためどんな場所にいてもベッドで休める僕にとって、床での雑魚寝《ざこね》は慣れない経験ではあったけど――それを忘れるくらい、みんなと過ごす夜はなんだかとても楽しかった。

✽

ドングリとアケビの鳴き声で起こされるのに慣れていた僕は、グレドさんに叩き起こされるまで、なかなか目が覚めなかった。

「こらルフト、いい加減に起きろ！」

「ああ、グレドさん。おふぁひょうござあーます」

「寝ぼけるな、さっさと顔を洗ってこい」

「ルフト君にも、子供らしい一面があるんだね」

アルトゥールさんに温かい目で見られながら、僕は従魔の住処に戻って、泉の冷たい湧水で顔を洗う。

（主様、寝癖《ねぐせ》がついていますよ）

「ありがとう、レモン」

従魔の住処から戻った僕を、グレドさんがからかってくる。

「お、寝癖を直してもらってるじゃねーか。どっちが従魔かわかんねーな」

「まあ、家族のような存在なのは、確かですね」

僕は何も言い返せないので、あいまいに笑って応えた。


昨日のうちに荷物と食料は全て従魔の住処に運んであるので、僕たちは最低限のものだけ持って出発した。

早朝は閉まっているはずの門が開いている。門にも通達がいっているんだと思う。僕たちのように朝早く出発しようとする、チームごとに固まった冒険者たちの姿も見えた。

「お、ルフトじゃないか。お前も奇襲部隊に入っていたのか。成長したもんだな」

「おはようございます、ウーゴさん！」

僕に声をかけてきたウーゴさんは、この西門を守る町の兵士だ。冒険者に比べて、兵士の方がテイマーへの差別意識が薄い。

僕の所属するチームを見て、ウーゴさんは納得したように頷く。

「リレイアスト王国の兵士たちと一緒のチームなんだな。確かにルフトには冒険者たちと組むよりいいのかもしれない」

安心したように彼はそう小声で言い、僕の頭をガシガシ撫でてきた。

「そうですね、僕もこのチームに入れて良かったと思っています」

僕も嫌じゃないので、いつもされるがままだ。

そんなふうに談笑していると、すぐに出発の時間になった。

出発間際、アルトゥールさんがボルツさんに声をかける。

「では、ボルツ。俺たちは行ってくる。町に残る兵士たちのことは任せたぞ」

「お任せください。兵士長たちも無理はなさらずに」

僕はたった一日しかボルツさんと一緒にいなかった。特徴がないとからかわれていたけど、彼はなかなかできる大人だ。

今回の奇襲作戦で使う道具や食料の手配を、兵士たちを使って首尾よく準備してくれた。しかも、同時に町の防衛任務の作戦を練る有能っぷり。ボルツさんが、町に残る防衛隊の指揮を任されたのも納得できた。

ボルツさんと防衛隊に別れを告げて町の外に出た後、僕は歩きながら改めてチームメンバーを紹介してもらう。

初めて街道で会った際、一緒にリンゴを食べながら話しているのでみんな初対面ではないんだけどね。

従魔以外とパーティを組んだことがない僕にとって、これだけ様々な人と協力しての魔物討伐は、不謹慎《ふきんしん》かもしれないが少しワクワクする。

チームで動いているのに従魔を出しすぎるのもどうかと思うので、今のところ一匹しか出していない。ドングリとアケビが交代で同行して、犬系魔物の特長である嗅覚《きゅうかく》を活かし、斥候を務めているトヴァンさんとサリブルさんと一緒に行動している。

初日は、牙ウサギや角ネズミには遭遇したものの、ゴブリンとは一度も出会わなかった。

その日の夜は、万が一魔物に襲われてもいいように準備をしてから交代で休む。

ちなみに夕食は、僕が従魔の住処で料理した。

今日倒した牙ウサギのもも肉に塩コショウを振り、小麦粉をまぶすと、植物油を引いた大きな鍋で炒めていったん取り出す。

鍋に、小さく切ったバースニップと玉ねぎを入れて炒め、水と潰したトマト、豆、キノコを加えて煮込む。最後に、先ほど焼いた牙ウサギのもも肉を戻し、さらに煮込んでいく。木の器に盛れば、〝豆とキノコと牙ウサギのトマト煮〟の完成だ。これに、買っておいたパンをスライスして両面を軽く焼いてからバターを塗って添えた。

外で火を使えば、匂いや煙でゴブリンや他の魔物に気付かれる可能性があるため、アルトゥールさんたちは温かい食事は諦めており、僕が作った夕食をとても喜んで食べてくれた。

みんなで夕食をとった後、アルトゥールさんは、ドングリとアケビの嗅覚を活かした探索に興味を持ったようで、僕に色々聞いてきた。

「斥候のフォローに従魔を使うのはいいかもしれないな。テイマーの雇用を増やせそうだ」

「ギルドの図書館に魔物や動物の図鑑があるんですが、それによるとネズミは犬よりも鼻が良く、耳も人の四倍も良いそうです。斥候に役立てるなら、ネズミの従魔の方が適しているかもしれませんね……体が小さいから相手からも見つかりにくいですし」

僕が本で読んだ知識を伝えると、アルトゥールさんは、ふむと頷いた。そうそう、冒険者ランク

が上がって、ギルドの図書館に入れるようになっていたんだよね。

「それは面白い情報だね。今回の作戦が終わったらネズミ使いのテイマーを部隊に入れてみるか……ルフト君が特別な気もするが、動物が魔物化することもあるようだし、テイマーというクラスの価値が見直されるきっかけになるかもしれないね」

「そうなったら僕も嬉しいですね」

「君は優しいな。そろそろルフト君も休むといい。夜の見張りは私たちだけで十分だからさ」

「ありがとうございます。お言葉に甘えます」

僕はテリアとボロニーズと一緒に従魔の住処から全員分の寝具を出すと、厚手の毛布にくるまり、ドングリに添い寝を頼んで眠りに就いた。

✽

翌日はドングリが朝早くに起こしてくれた。さすがに遠吠えするのは控えていたけどね。

僕はみんながキャンプの痕跡《こんせき》を消している間に、朝食の準備をはじめる。

人数分の鉄のカップに、ちぎったパン、肉屋のフラップおばさん特製の猪の肉で作ったベーコンとトマト、摘んでおいた香草を刻んだものを入れ、塩コショウを振る。

カップに一つずつ卵を落としてチーズをかけ、竈に入れれば――フラップおばさん直伝〝ベーコンとトマトのココット〟のできあがりだ。

実は、僕の作る料理の多くは彼女に教わったものだったりする。

「熱いので気を付けて食べてくださいね」

注意を呼びかけつつ、火傷《やけど》しないように鉄のカップを厚い布に包んでから、みんなに渡していく。

「へぇー、昨日の夜も思ったけど、ルフト君は料理が得意なんだね」

昨日斥候をやってくれていたトヴァンさんが感心したように言う。

僕は笑ってそれに応える。

「得意というか好きなんですよね。従魔と出会うまで基本一人だったんで、美味しいものを食べることくらいしか楽しみがなくて」

「いえいえ、朝から美味しい料理を食べられるなんて良いですよ。うちは上の人たちの人使いが荒いので、朝は毎回、硬いパンと干し肉ばっかですし」

すると、僕らの話を聞いていたらしいアルトゥールさんが言う。

「ほー、トヴァンは次から朝食抜きでもいいのか。そうかそうか」

「勘弁してくださいよ、兵士長ぉ」

アルトゥールさんとバルテルメさんはリーダーとして優秀なんだろうな。この部隊の兵士たちはなんだかんだ信頼しているようだし、いつも元気で賑やかだ。

　僕はそんな兵士たちの関係を見て、微笑ましく感じるのだった。


　朝食後、食器を従魔の住処に戻して出発の準備を終えると、今日も早くから移動することになった。

　僕たちのチームは、できるだけ魔物と会わないように道を選びながら歩いたので、昼過ぎには目的地であるゴブリンのコロニーの近くに到着した。

　地図を見て自分たちの突入する場所を確認してから、小高い丘に登って窪地にあるゴブリンの巣《そう》窟《くつ》を見渡す。

　そこにあったのは、予想以上に大きな〝町〟だった。

　建物は木材中心ではあるがしっかりしたものが多く、カスターニャの町と比べてもそう大きく変わらない。所々に水路や井戸なども見えるし。

「何度見ても大したものだな。そのうち国ができるんじゃないのか」

　調査隊としてすでに見ていたはずのグレドさんが、とても怖いことを呟いた。

「グレド殿、軽口《かるくち》を言っている場合ではないと思うが？」

「事前の調査では五百匹規模のコロニーだったか？　どれだけ少なく見積もっていたんだ、冒険者どもは」

グレドさんとトヴァンさんの会話に、アルトゥールさんが口を挟む。

「千匹超えなんて正直に言ったら、誰も参加したがらないだろうさ。これはそういうことだ」

グレドさんも呆れたようにため息をついている。

「どうすんだ、リーダー」

「今さら、相手の数が多いので参加しませんとも言えないだろう。まっ、できるだけゴブリンの戦力を削《そ》ぐ努力はしようじゃないか」

アルトゥールさんはやれやれといった感じで言った。

僕たちにとって幸運だったのは、突入地点の近くに鍛冶工房と思われる建物を見つけたことだ。これで探す手間が省けた。

「アルトゥールさん、他のチームは割と離れた場所にいるんですよね？」

僕が尋ねると、アルトゥールさんは首を縦に振った。

「まあ、そうだな。正面の門の近くにチームが集中しているはずだから、俺たちの近くに他のチームはいなかったはずだ」

「それなら明日、作戦開始の合図の狼煙が上がったら、すぐ動くのではなく少し時間を置いてから動きませんか？」

僕の提案に、グレドさんが異を唱える。

「何を言ってるんだ、ルフト。誰よりも真っ先に突入して斬りまくった方がたくさん倒せるじゃねーか」

しかし、バルテルメさんは僕の意図を正確に汲んでくれたようだ。

「そういうことですか……ルフト君は意外と腹黒《はらぐろ》だね～」

「そういうことってどういうことだよ。俺にはさっぱりルフトの考えがわかんねーぞ」

「グレドさんは脳筋《のうきん》ですから」

「おい、兵士長でも言って良いことと悪いことがあるんじゃねーか」

バルテルメさんとグレドさんが言い合っているところに、アルトゥールさんが割って入る。

「グレド、落ち着け。バルテルメもあまりからかうな」

「すまない、リーダー」

バルテルメさんは意地の悪い笑みを浮かべながら、アルトゥールさんに謝る。

「リーダー呼びは決定なのか……まあ、とりあえず狼煙の後に時間を置くのは、他のチームを囮《おとり》として使うためだよね、ルフト君」

アルトゥールさんに問われ、僕は頷いてみせる。

そう、他のチームには悪いけど、囮に利用させてもらおうと考えたのだ。

「はい、これだけの規模のコロニーだと、正攻法では結果が出にくいと思うんです。それに、今回の襲撃でゴブリンたちの戦力を削れなければ、カスターニャの町がゴブリンたちに攻め込まれるリスクが出てきます」

「確かに、ゴブリンだって復讐《ふくしゅう》くらい考えるよな」

「はい。だからこそ、今回きっちり戦力を削ぐ必要があるんです」

「ゴブリンも戦力が削がれれば、人の町に手出しする余力もなくなるか……」

魔物たちの縄張りは、人間たちの国家の仕組みに似ている。

力を失った魔物の縄張りは、他の魔物の侵攻を受ける可能性が高くなるのだ。

目の前にあるゴブリンの町も、これだけの大きさであれば多くの魔物たちに目をつけられているはず。

今回、コロニーの主であるゴブリンキングを討《う》てなくても、一定以上の被害を与えられれば、僕たちが何もせずに、他の魔物がゴブリンを滅ぼしてくれるかもしれない。

結局、僕の意見が採用され、狼煙が上がった後、時間をおいて動き出し、壁に穴を開けて突入することになった。

作戦はこうだ――

アルトゥールさんたちはゴブリンを狩りながら上位種の排除。僕は彼らとは別行動で、ボロニーズ以外の従魔たちと一緒に鍛冶工房を制圧し、鍛冶師を探す。

フローラルの魔法『妖精の息吹』は全員にかけておくことにした。この魔法は軽い興奮状態にしてくれることに加えて、〝妖精の加護（火）〟で攻撃力と士気を少しずつ高めてくれる。

効果は一時間で切れるので、レモンが『サンドストーム』を使って僕たちの場所をみんなに知らせて、そこに集合。『妖精の息吹』をかけ直しつつ、現状の報告と作戦の修正をする予定だ。

なお、アルトゥールさんたちの部隊は、それぞれの兵士長をリーダーに据えて、二つに分かれて行動する。

アルトゥールさんのパーティはグレドさん、トヴァンさん、コトニクさん、盾役としてボロニーズが同行する。

もう一つのバルテルメさんのパーティは、レールダムさん、フラビオさん、サリブルさん、アクラムさんの五人に決まった。

昨日の夜も寝る前までみんなと一緒に稽古していたため、ボロニーズは、アルトゥールさんたちとさらに仲良くなっていたみたいだ。連携に問題はなさそうで安心したよ。

簡単に明日の打ち合わせをすると、僕たちは作戦決行に備えて休むことにする。

そうそう、少し前に僕たちの到着の確認に斥候の人が来ていた。

地図で各チームの待機場所がわかるとしても、夜間暗い森の中を一人で来るのだから、よほど腕の良い冒険者なのだろうと思った。

✽

奇襲作戦の決行日――

僕たちは突入ポイントの近くまで移動を済ませていた。ゴブリンの町を囲む壁を壊すために持ってきた斧とハンマーを僕は従魔の住処から取り出して配る。

それぞれの得物《えもの》を手にしたみんなが見つめる中、夜明けを迎えて日が昇りはじめた空に、作戦開始を告げる狼煙が上がった。

ゴブリンの町が混乱している様子がなんとなく伝わってくる。

他のチームが建物に火を放ったのか、開始を示す白い狼煙とは違う、黒い煙が上がっているのが見えた。

僕たちは予定通り突入を遅らせ、壁の向こうの動きを確認してから、自分たちが潜入するための穴と、少し離れた場所に目くらましの穴を複数開けていく。

ゴブリンたちの多くは急な襲撃に驚いた様子であるものの、何かが攻めてきたという認識はあるようで、武器を持ち、正門方向へ急いで移動している。

冒険者たちは予想以上に暴れて目立ってくれているみたいだ。

改めて見てみると、ゴブリンたちが窪地に築いた町はかなり広かった。

彼らの生活水準は高く、作物を育てる畑も見られる。

「ルフト君は鍛冶工房へ急いでくれ。私たちはこのあたりで少し暴れさせてもらうよ」

アルトゥールさんが指示すると、僕はそれに頷いた。

「わかりました。『妖精の息吹』が切れる時に合図を出しますので、その際は集まってくださいね」

「「了解！」」

アルトゥールさんのパーティ全員が声を揃えて応える。僕は従魔の中で一匹だけ別行動となるボロニーズにも声をかける。

「ボロニーズも頑張って。上位種に会っても無理して戦わないようにね」

「あるじ、まかせろ」

フローラルシャワーが全員に『妖精の息吹』をかけ終わると、僕たちは動き出した。

ドングリの背にフローラルが、アケビの背にレモンが跨り、並んで先頭を走る。その後にテリアと僕、そしてレッキスが続く。

目の前に現れるゴブリンたちを、フローラルとレモンが発見次第『マジックミサイル』を唱えて次々に倒していく。

僕たちに立ち止まっている時間の余裕はない。魔石や装備品を回収したいのを我慢しつつ、ゴブリンの鍛冶工房がある場所を目指して一直線に走る。

冒険者たちの奇襲にゴブリンたちも戸惑っているのだろう。武器同士がぶつかる甲高い音とゴブリンの叫び声が遠くから聞こえてくる。

突入を遅らせたおかげか、遭遇するゴブリンの数は少なく、鍛冶工房と思われる建物までそう時間がかからず辿り着けた。

鍵はかかっていなかったため、扉を開けて素早く建物の中に突入する。

中のゴブリンたちは、鍛冶作業で響く鎚の音で外の様子がわからないらしい。

中には働く複数の小さなゴブリンと、それを監督する一際大きなゴブリンが一匹。そして、奥で鎚《つち》を振るい剣を打っている、足枷《あしかせ》を付けられた五匹の小人らしき魔物の姿が見えた。

大きなゴブリンは身長が高いのはもちろん、他のゴブリンに比べて体格が良い。急に現れた僕たちに気付いたそいつは、腰に吊るされた二本のファルシオンを鞘から引き抜いた。

フローラルが僕に耳打ちする。

(主様、あれは上位種ですな)

「うん、ラッキーだね。鍛冶工房も潰せて上位種も狩れるんだから。僕とテリアはあのでかいのを、フローラル、レモン、ドングリ、アケビ、レッキスは小さなゴブリンを頼む」

（お任せくだされ）

（頑張ります！）

「「ガウガウ」」

「あるじ、いっしょ。あれたおす」

フローラル、レモン、ドングリとアケビ、テリアが順に返事をする。

レッキスも珍しく〝グークー〟と興奮した様子で鼻を鳴らした。

ゴブリンの鍛冶工房は、工場と呼んでも差し支えないくらいに広く、作業をしている普通種の小さなゴブリンもかなり多い。

しかし、彼らがトンカチっぽい武器を持つ前に、フローラルとレモンの『マジックミサイル』が、半数近いゴブリンの体を射貫いていく。

血を流してその場に倒れ込むゴブリンたち。

おそらく戦闘よりも物作りに秀でた者たちなのだろう。武器を持つ手もどこかぎこちない。

そこへ、ドングリ、アケビ、レッキスが突っ込み、剣を手にしたフローラルとレモンが続く。

一方、僕とテリアは、ファルシオンの二刀流らしきゴブリンの上位種と向き合っていた。

大きく振り回される二本の剣は鋭く、風圧で床のほこりが舞い上がる。

僕とテリアはゴブリンの上位種の左右から剣で斬りかかっていく。僕の方は明らかに力不足なんだけど、テリアが剣技で補ってくれている。

ゴブリンの上位種に対して、コボルトの上位種であるテリアは負けていなかった。二対一の状況というのもあり、僕たちはゴブリン上位種を少しずつ追い込んでいく。

「くっ……」

相手のファルシオンの切っ先が僕の肩に触れ、思わず声が漏れる。しかし、僕以上に目の前のゴブリンは傷ついている。僕は肩の痛みを堪《こら》えて剣を振り続けた。

徐々に消耗し、動きが鈍《にぶ》くなっていく大きなゴブリン。テリアはまだまだ平気そうだが、僕は明らかに息が上がりはじめている。

ゴブリンはそこを勝機と考えたのだろう。

さっきまでは僕とテリア、双方に同じだけ意識を向けていたが、明らかに僕を強く意識しだした。そして、一気に踏み込んで剣を突き出してくる。だが、ゴブリンにとってもそれは隙《すき》になる。テリアがそこを狙い、盾を持って突っ込んでいった。

僕は目の前に迫ったファルシオンを、ショートソードの刃で滑らせ受け流そうとする。なんとか剣の軌道《きどう》を逸らすが、肩当てにファルシオンの刃が食い込んだ。

その時――右からテリアがゴブリンに盾ごと体当たりしたことで、ファルシオンからの重圧が軽くなった。

「うおおおぉぉぉぉぉぉぉ」

僕は吠え、ファルシオンをはね上げる。

もつれて後ろに倒れるゴブリン。僕は剣を捨ててクォーターパイクを取り出した。

両手でがっちり握ると、防具に隙間があったゴブリンの左脇腹に、体重を乗せて一気に突き刺す。

「いけえぇぇぇぇぇぇーーーーーーーー」

槍が突き刺さり、〝ゴホッ〟とゴブリンの口から黒く濁《にご》った血が吐き出される。

僕は勢いあまってそのまま転がってしまったが、すぐにテリアがゴブリンの首にファルシオンを突き立ててとどめを刺した。

「あるじ、かったー」

「やったね、テリア！」

僕とテリアは歩み寄ると、お互いの右手を叩きつけるように結び、握手をした。

（主様、熱いですのー）

「フ、フローラル⁉　これはその、必死だったから……そっちはどうかな？」

（こちらももうすぐ終わります。レッキスが主様とテリアの戦いに刺激を受けたようで張りきってまして、私は見学です。レモンがフォローしておりますので、ご安心を）

急に現れたフローラルの示す方を見ると、ハンマーを持った小さなゴブリンたちの大半は倒れ、立っているゴブリンはもう数えるほどだった。

戦闘中に吠えた僕の声に、従魔たちの心も沸き立ったようだ。

ハンマーで叩かれるのも気にせず、ドングリとアケビはゴブリンの首に喰らいつき、その命を奪っていく。

レッキスはウサギが持つ脚力を活かし、黒曜石のように黒く光る角を血に濡らしながら何度も飛び跳ねた。ゴブリンの胸に角を向けて突っ込み、その鋭い一撃はゴブリンの革鎧を易々突き抜けて心臓ごと貫く。刺した角が死体からなかなか抜けず敵に狙われた時は、レモンが上手くフォローしていた。


鍛冶工房にいたゴブリンを全て倒した後、僕たちは魔石の回収をはじめた。

大きなゴブリンから取り出した魔石に『鑑定』を使うと〝ゴブリンソードマンの魔石〟と表示された。倒した相手は、ゴブリンの上位種で間違いないみたいだ。

ゴブリンソードマンが持っていた二本のファルシオンは鞘ごと回収し、剥《は》ぎ取った革鎧と一緒に従魔の住処に運ぶ。

従魔のみんなもゴブリンたちの体を解体し、魔石の回収を手伝ってくれた。鍛冶工房の中には、他にも六本のファルシオンがあったのでそれも持っていくことにする。

ファルシオンは小人が作り、ゴブリンたちは鍛冶の道具にも武器にもなる、鉄の頭を持った鎚を作っていたらしい。

鎚は木の柄の部分を鉄板で補強してあり、鉄製の鍔《つば》が取りつけられた、単純な形だがよく考えられた武器だった。

これを見る限りゴブリンたちの鍛冶技能も、低くはないと思える。

興味本位に『鑑定』を使うと、〝ゴブリンハンマー〟という名称がついているのがわかった。

死んだゴブリンのものを含めて七十本近くあるだろうか。新品が入った木箱もあったので、ゴブリンたちの手に渡らないように全て回収して従魔の住処へと運び込む。

ここは武器だけを扱う鍛冶工房らしく、鎧の在庫はなかった。

鎧は状態が良いものだけを選んで剥ぎ取り回収した。

それらが終わってから僕は、老人の顔をした鷲鼻《わしばな》の小人たちに近寄る。すると彼らは、僕の前で土下座した。

抵抗しないって意味なのだろうか？

彼らにつけられていた足枷の鍵は、ゴブリンソードマンの死体から見つかったため、もう外してある。

それでも彼らはその姿勢を崩さず、逃げようともしない。

「……困ったな。もう自由なんだけど動いてくれないや。誰か彼らが、どんな種族なのかわからないかな？」

僕は従魔たちに聞いてみた。

（主様、彼らは物作りが得意な妖精で〝ニュトン〟と呼ばれる種族のはずです）

説明してくれたのは、フローラルだ。

「物作り？　僕が知ってる知識だと、靴や洋服作りが得意な妖精、レプラホーンみたいなものかい？」

（はい、そのような妖精かと。ただニュトンたちは、レプラホーンとは違って決まったものだけでなく、様々なものを作るんです。ドワーフには及びませんが、その腕前もなかなかですぞ）

「腕前が良いのは、彼らが作ったファルシオンを見ればわかるよね。これだけの剣を打てる鍛冶職人はそういないよ。フローラル、彼らは言葉は話せないのかい？『念話』でもいいんだけど……」

しかし、フローラルは首を横に振った。

（会話は無理ですな……ただ、なんとなくこちらの言いたいことはわかっているようです）

「じゃあ、なぜ彼らは逃げないんだい？」

僕のその疑問には、レモンが答えてくれた。

（妖精という存在は自分たちのやるべきことを知らないのです。自ら新しい何かをはじめられないと言いますか……私であれば主様とお会いするまでは、ヘリアンサスがきちんと育つということを、第一の使命としていました。奴隷のような扱いとはいえ、ゴブリンたちの武器を作ることが彼らの使命だったんだと思います）

なるほどな……

「僕が彼らのやるべきことを奪ってしまったんだね。どうしてあげるのが一番良いんだろう……」

（主様がもし彼らを救いたいのであれば、彼らを従魔にして主様のものを作らせるのが一番だと思います）

どうやら彼らを救うには、従魔にして新しい役割を与えなきゃいけないらしい。

もちろん彼らの鍛冶の腕前を考えれば、僕や従魔たちの武器を作ってもらえるのなら大助かりなんだけど……

ただ、できることなら無理に作らされるのではなく、自分たちの好きなものを作ってもらいたい。

まっ、そのあたりは後でもう一度、ゆっくりと考えればいいか。今一番にやらなきゃいけないのは、ゴブリンたちの力を少しでも削ぐことなんだから。

僕は彼らに右手を差し出しながら話しかけた。

すると、光の鎖が五匹のニュトンたちと僕とを、従魔契約のために繋いでいく。

「今すぐ君たちに使命を与えることはできないけど、よかったら僕と一緒に来ないか？」

なんとなく僕の言葉が理解できるようで、ニュトンたちは頷いてくれた。そして、僕とニュトンたちは淡い光に包まれ、従魔契約は完了した。

彼らにはひとまず従魔の住処で留守番をお願いし、鍛冶に必要な道具はゴブリンの鍛冶工房から従魔の住処に運んだ。

その後、僕たちは鍛冶工房の中で少し休んでから外に出て、近くにいたゴブリンたちを排除していく。

妖精の加護も薄れつつあるため、僕はレモンに事前に決めておいた合図を出すように頼んだ。

「レモン、合図の『サンドストーム』をお願い」

（わかりました、主様！）

その瞬間、砂嵐が上空五メートルほどまで舞い上がる。

アルトゥールさんたちに知らせるということは、近くのゴブリンたちにも僕たちの存在を知らせることになる。

みんなが来るまで忙しくなりそうだ。

今回の奇襲作戦では、離れた場所にいる他のチームに情報を伝達するために、色つきの狼煙を使う手筈《てはず》になっていた。

赤色が全体での撤退。黄色がチームごとの作戦失敗による撤退。緑色がゴブリンの上位種二匹以上を仕留めて作戦が成功した、というシンプルなものだ。

ちなみに紫色は、ここのコロニーのボスであろうゴブリンキングの発見を表している。

今現在、一チームが作戦失敗の黄色い狼煙を上げた以外は他の狼煙は上がっておらず、特に問題なさそうだった。

✽

ルフトたちと別れた、アルトゥール、グレド、トヴァン、コトニク、ボロニーズの四人と一匹。

彼らはゴブリンを混乱させるため、場所を固定せずに随時ゴブリンを倒しながら移動を続けていた。

「兵士長、突入を遅らせたのは正解だったみたいですね。ゴブリンの数もだいぶ減ってるみたいですし」

「ああ、ルフト君は十一歳とは思えない視野の広さだよ。彼らが動きやすくなるように、ゴブリンの目をこちらに引きつけないとね」

意気込むアルトゥールに、ルフトの従魔の中で一匹だけ別行動のボロニーズも、やる気十分といった感じで声を発する。

「あるじのため、がんばる」

ちょうどその時、ゴブリンが飛び出してきた。しかし、すぐさまトヴァンが弓で矢を放ち、頭を射貫く。

「トヴァン、見事なもんじゃねーか」

「グレドさんに獲物は渡しませんよ」

今彼らがいるゴブリンたちの町の建物は、人間の町と違って木材のみで作られているものが多い。高くても二階建てまでとはいえ、しっかりした作りだった。ごく稀に見かける大きな建物には、ゴブリンの上位種たちが住んでいるのかもしれない。

このコロニーを見るまで、アルトゥールたちはゴブリンを侮っていた。

しかし彼らは建物を建て、自らの装備を生産して畑を耕し、町に水路を作って水を引くだけの知能がある魔物なのだ。

「建物が多くて、どこにいるのかわからなくなっちまうな、これは……」

グレドが呟くと、アルトゥールも同意する。

「細い路地が多いから道も入り組んでいて、方向感覚が掴めなくなるね。万が一迷った時は、あの大きな建物のところに集まろう」

彼らはゴブリンを倒しながら、町の路地を抜けていく。アルトゥールは歩き続けるうちに、どんどん細い路地に迷い込んでいる気がした。

その時、脇道から彼らを分断するように、今まで以上の数のゴブリンたちが湧き出てくる。

「……罠《わな》か」

「おい兵士長、このゴブリンの数は捌《さば》ききれん」

急に湧いたゴブリンによって、アルトゥールたちのチームが二つに分けられてしまった。一つはアルトゥール、グレド、トヴァン。もう一つはコトニクとボロニーズに。

「コトニク、ボロニーズ君、合流はあの大きな建物だ。絶対に死ぬなよ！」

ゴブリンの町の中に、アルトゥールの声が響き渡った。

✽

アルトゥールたちと別れた後――

コトニクとボロニーズは、大量のゴブリンに追われて逃げていた。

救いだったのは、追いつかれても道が細いので、一度に相手にするゴブリンがせいぜい一、二匹で済んだこと。

小さなゴブリン相手に、コボルトの上位種に進化したボロニーズが負けることはなかった。

「困りましたな……道は相手の方が詳しい。これはなかなか逃げきれませんぞ」

「がんばろ、コトニク」

「もちろんです」


しかし、二人は知らないうちに行き止まりの路地に誘導されてしまったようだ。

「ボロニーズ殿、行き止まりだ」

彼らが辿り着いたのは、背の高い建物に囲まれた路地。

コトニクとボロニーズの背後には、一度は引き離したはずの十匹以上のゴブリンたちがすぐそこまで迫っていた。

「ボロニーズ殿、私が囮になりますから、その間に逃げてください」

コトニクが覚悟を決めた表情でボロニーズに言う。

「いやだ。おいら、にげない」

「しかし、それではルフト殿に顔向けが……」

「だいじょぶ。ごぶりん、きらい。かぞくころした」

追い詰められた路地は先ほどまでの道に比べれば広い。そこでコトニクとボロニーズは並び立ち、共に戦うことにした。

迫るゴブリンを次々と倒していくコトニクとボロニーズ。

何匹か倒したあたりで、背の高いゴブリンが一匹現れた。

（お前たちはどいていろ。なぜ、我々の神聖なる場所に、薄汚い人間と臭い犬が入り込んでいるんだ。このゴブリンウォリアーのヤシンが排除してくれる）

コトニクとボロニーズには、なんと言ったのかは理解できなかったが、そのゴブリンの言葉で、小さなゴブリンたちは道を開けた。

「何か話しているみたいですな……体が大きいし、上位種でしょうか」

「なんでもいい。ごぶりん、ことばわからない。おいら、たおすだけ」

上位種のゴブリンは身長百八十センチくらいで、頭は剥き出しだが全身に鉄の鎧を纏っている。

ゴブリンが鉄の棍棒《こんぼう》とラウンドシールドを構えて迫ってくる。

「あれ、やばい。コトニク、さがれ」

「お任せします、私ではあの棍棒の一撃を止められそうもありません」

ゴブリンが大きな棍棒を振りかざし、ボロニーズに襲いかかる。

ボロニーズはホプロンという円盾でそれを受け止めると、さらに押し返した。

（犬が、生意気な）

「おまえ、ことば、ふめい。だまれ」

ボロニーズは、盾ごと相手の体にぶつかってゴブリンのバランスを崩させてから、ショートソードで斬りかかる。

ゴブリンは両足で踏みとどまると、ボロニーズの剣をラウンドシールドで防いだ。

両者の武器が火花を散らして激しくぶつかり合う。

行き止まりの路地での激突は、耳が痛くなるような鉄同士の衝突音を何度も何度も響き渡らせた。

守りに特化したボロニーズと、攻撃に特化したゴブリン。二者の戦いは決め手を欠き、いつまでも続くかと思われた。

しかし先にスタミナが切れたのは、ここまでずっと戦ってきたボロニーズではなく、ゴブリンの方だった。

重い武器を振り続けたからだろう。

それに、コトニクも後ろで何もしていなかったわけではない。回復魔法でボロニーズを支援していたのだ。

「コトニク、かんしゃだ」

「いえいえ」

ボロニーズはゴブリンが棍棒を振り抜いたところに、盾を思いっきりぶつけた。

手が痺《しび》れて握りきれなかったのだろう。ゴブリンの手から棍棒が勢いよく弾かれ、後ろで待機していた一匹の小さなゴブリンの頭を潰して地面に落ちる。

ボロニーズは、武器を失ったゴブリンに再度盾ごとぶつかって地面に押し倒し、何も着けていない頭にショートソードを突き刺した。

「おいら、かちだ」

ボロニーズが一睨みすると、後ろに残っていたゴブリンたちは我先にと競うように逃げ出していた。

「ボロニーズ殿、お見事です」

「うん、コトニク、おかげ」

嬉しそうなボロニーズに、しかしコトニクはちくりと小言を言う。

「でも、私は逃げろと言ったんですが……ルフト殿には報告が必要ですかね。今後のためにも……」

「まて、あるじ、いうな。やめて」

「どうしますかねー。そうだ、昨日ルフト殿が、水に溶いた小麦粉とパンのくずを肉につけて揚げると美味しいと言ってましたね」

「うん。カツ、うまうま」

「それで手を打ちましょうか」

「それ、こまる。コトニク」

軽口を叩き合うコトニクとボロニーズ。

それからボロニーズは、今さっき倒したゴブリンの死体から魔石を取り出す。

また、ゴブリンが使っていた鉄の棍棒も拾い、コトニクと一緒にアルトゥールとの待ち合わせ場所である大きな建物に向けて歩きはじめた。

✽

鍛冶工房の外で『サンドストーム』による合図を送った僕たちは、建物に身を隠しつつ、集まってくるゴブリンたちを仕留めていた。

こういった障害物が多い場所での戦闘では、フローラルとレモンの『マジックミサイル』がとても有効だ。

魔法の矢は相手を追いかけるように、ゴブリンの体を正確に捉える。

それらから逃れられたゴブリンも、僕とテリア、ドングリ、アケビ、レッキスで倒していく。

この調子なら上位種を複数相手にすることさえなければ、アルトゥールさんたちが来るまで問題なく凌《しの》げそうだ。

ゴブリンたちの死体が転がりはじめた頃、集まるゴブリンを掻き分けて倒しながらアルトゥールさんとバルテルメさんのパーティが合流した。

「ルフト君、鍛冶工房は無事制圧できたかい？」

「はい、作業員のゴブリンたちは全部倒し、中の設備も破壊しました。一匹上位種も交じっていたのも幸運でした」

僕の報告に、グレドさんが驚きの表情を浮かべた。

「幸運って……上位種のゴブリンが交ざっていたら、Ｃランク冒険者がいるパーティでも苦戦するレベルだぞ」

「グレド、ルフト君たちに常識は通用しないって。まあ、ボロニーズ君も一匹上位種を倒したんだ。その主なら上位種にも苦戦はしないだろうさ。バルテルメの方はどうだった？」

アルトゥールさんはバルテルメさんに話を振る。

「こちらも上位種を一匹倒せました。他のチームを囮に使ったのが功を奏しましたね」

しかし、僕はその前にさらっと流された話の方が引っかかった。

「ボロニーズが倒したってなんです？」

「あるじ、なんでもない。しーしー」

やたら焦った様子のボロニーズ。怪しい……

「ふーん……後でアルトゥールさんに聞いてみるよ」

もの凄くオタオタしているようだけど、いったい何があったんだろうか？　ボロニーズには上位種を見つけても無理はしないように念を押しておいたはずだけど、まさかね。

コトニクさんとボロニーズは仲良さそうにじゃれてるし、悪いことではなさそうだけど。それよりもどこで拾ってきたのか、あの巨大な棍棒がもの凄く気になるな……

「さて、やることもやったし、そろそろ戻りますか。ノルマは達成したんだし、あんまり張りきっても仕方ないだろう」

アルトゥールさんがみんなを見渡す。グレドさんも頷いて同意を示した。

「俺たち国の兵士は最低限の貢献しか求められていなかったしな。ルフトもそれでいいか？」

「僕はFランク冒険者ですから。上位種を一匹倒せば、依頼は十分果たしたかと」

「よし。じゃあみんな、帰ろうか」

「「「おーーー！」」」

アルトゥールさんは、腰に付けていたバッグから一本のロウソク型のアイテムを取り出す。作戦の成功を示す緑色の狼煙を上げるための魔道具だ。

コロニーを出てから使うと、ゴブリンたちを外に誘導してしまう危険があるため、この魔道具は、町の中で使用する約束になっている。

アルトゥールさんが、魔道具を起動するためにロウソク型のアイテムを真ん中で折ると、緑色の狼煙が空高く立ちのぼった。

「狼煙につられたゴブリンどもが集まってくる。さっさと脱出しよう」

僕たちのチームが緑の狼煙を上げた後、それを待っていたかのように続けざまに他の場所でもいくつか緑の狼煙が上がった。

緑の狼煙の数から判断して、かなりの数の上位種を倒せたわけだ。開始から一時間ちょっとの結果としては上々だろう。こういった奇襲作戦は、速攻、早期撤退が作戦成功の鍵になってくるのだ。

僕たちがゴブリンを退けながら穴を空けた壁に向かう途中、作戦失敗を示す黄色の狼煙が上がる。ゴブリンたちが多く集まった場所では、作戦が上手く進まなかったようだ。

後は残りのチームがどう動くかだ。

僕たちのチームは念のため、ゴブリンの町が見える場所にとどまった。

もし壊滅寸前のチームがゴブリンたちから逃げきれない場合、その援護が必要になるだろう。

もちろん、自分たちの命を危険に晒すつもりもないが、僕の弓矢やフローラル、レモンの魔法で遠距離からの支援程度はできるはずだ。

様子を見ていると今度は緑色の狼煙が二つ上がり、そこからほど近い場所で黄色の狼煙が四つ上がる。どれもゴブリンの町の正門に近い場所だ。

おそらくいくつかのチームが合流したのだろう。

黄色の狼煙は作戦失敗の合図だけど、上位種を二匹以上倒せていないというだけ。全体としてはある程度の数のゴブリンを減らしたから撤退するということだ。

僕は状況を整理してアルトゥールさんに言う。

「アルトゥールさん、ゴブリンの町の建物に火を放ちます。正門から少しでもゴブリンの目を逸らさないと」

最後に上がった狼煙は全部で四つ。

冒険者が固まっているとしても、人数はそんなにいないはずだ。

万が一、この町のゴブリンが群れをなしてその冒険者たちを追った場合、四チームが全滅する可能性だってある。

実際、僕たちを追って壁付近をウロウロしていたゴブリンたちも、今は壁の穴を塞ごうとする者を残して姿が見えなくなっている。

つまり、そういったゴブリンたちが正門に向かった可能性もあるのだ。

「ルフト君、建物に火を放つって、また君がゴブリンの町に侵入するのかい？」

「いえ、少しは近づきますが、火をつけるのはフローラルにお願いします」

僕の返事に、アルトゥールさんはまたもや驚いた様子を見せる。

「花の妖精が火の魔法を使えるのかい？　植物の妖精は火を嫌うと聞いたことがあるが……」

「キンギョソウの妖精は、火の精霊に近しい存在ですから」

僕が答えている間に、フローラルの準備ができたようだ。

(主様、いきます)

フローラルの頭上に三本の火の矢が浮かぶ。

それぞれの矢が、別々の建物に突き刺さって火をつけていく。ゴブリンの町の建物はそのほとんどが木造のため、すぐに引火した。

一つ目の火はすぐにゴブリンたちに消されてしまったが、他の二つは勢いよく燃えはじめる。

ゴブリンの町はよく考えられて作られており、火事で建物が燃えても最低限の被害で抑えられるよう、水路からすぐに水を汲み上げられる仕組みになっていた。

それでもゴブリンたちに混乱を起こすには十分だろう。

建物から火が上がったのを確認すると、僕たちはカスターニャの町への帰路に就いたのだった。

✽

後日――
今回の強制依頼では、失敗を表す黄色の狼煙を上げていても、上位種を一匹は倒していたチームが多く、合計すると結構な数になっていたそうだ。

なお、ゴブリンキングと遭遇したチームはなく、この大きなコロニーの王が、どのようなゴブリンなのかは確認できていない。

普通のゴブリンに関しては、魔石を全て取り出したわけではないため、はっきりとした数はわからない。ただ、冒険者ギルドのギルドマスター、カストルさんが各チームリーダーの報告をまとめた結果、四百匹近いゴブリンを倒したのではないかとのことだった。

これだけ大きな戦いだ。冒険者側にも多数の死者、負傷者が出た。特にゴブリンの町の正門付近で戦ったチームの中には、壊滅に近い状態までやられたところもあったらしい。

それでも、倒したゴブリンの数を考えれば上出来だろう。

けれど、外様《とざま》であるリレイアスト王国の兵士アルトゥールさんのチームが最も成果を上げ、全員大きな怪我もなく帰還したことに、冒険者の不満が噴出したらしい。

〝全員が動けたのなら、ゴブリンの町にとどまり、ゴブリンの上位種や重要施設をもっと潰すべきだった〟というのが彼らの言い分だった。

特に、このチーム唯一の冒険者である僕への風当たりは強かった。

爆炎の槍のリーダーのディアラを負傷させ、そのパーティメンバーたちが捕らえられたため、彼らは今回の強制依頼に参加できなかった。そのことも不興を買う一因になったみたいだ。

こっちから絡んだわけじゃないし、完全にとばっちりではあるものの、彼らがカスターニャの冒険者ギルドでも力のあるパーティだったのが災《わざわ》いしたようだ。

それに加えてディアラたちが〝ぼっちテイマーにはめられて参加できなかった〟と言いふらし、冒険者の多くはそれを信じた、ということもあったらしい。

ともかくそんなわけで、冒険者ギルドで僕は非常に肩身が狭い状況になってしまっていた。

テイマーというクラスが軽視されてるので、仕方ないことなのかもしれないけどね。


そうした状況の中、僕は人が少ない時間帯を狙ってギルドに来たのだが、それでも冒険者たちの視線が痛い。

わざと聞こえるような大きさの声で、〝疫病神《やくびょうがみ》〟とか〝役立たず〟とか言っているのが耳に入ってくる。

いつものようにイリスさんの窓口に行くと、彼女は心配そうな表情で声をかけてくれる。

「ルフト君、大丈夫？」

「イリスさん、大丈夫……ではなく、胃が痛いです……」

「うーん、本当はディアラとの決闘の後、私になんの言葉もなく強制依頼に行っちゃったことについて釈明させようと思ったんだけどねー。弱ってるルフト君を見るとそれも可哀想だし……」

僕は、決闘直前に見たイリスさんの顔を思い出して、思わず身震いした。

「あの時は、本当にすみませんでした……」

「本当よ。まあ、それにしても私の大事な弟の変な噂を流すなんて……ディアラ、許すまじね」

弟って……イリスさん、僕をそんなふうに思ってくれてたんだ。

こんな時だからこそ、彼女の優しさがいつも以上に沁《し》みるなあ。

「僕みたいなFランク冒険者の言い訳なんて説得力ないですからね。噂が広がった今、何を言っても無駄な気がします」

「冒険者ギルドでも、あれはディアラたちが悪かったと言ってるんだけどね。実際見てた人も多いのに……あー、むかつくわ」

二人ではあ、とため息をついていると、セラさんが声をかけてくる。

「少年、元気がないなー。ごめんよー、私たちも少年の無実を証明しようと頑張っているんだけどね」

「あ、セラさん……こんにちは。そう思ってくれるだけでありがたいですよ」

「……もう、少年は可愛いな～」

すると、セラさんは身を乗り出して僕を抱きしめる。

後ろから冒険者たちのやっかみと舌打ちが聞こえてきた。

イリスさんやセラさんと仲が良いのも、僕が他の冒険者に目《め》の敵《かたき》にされる原因かもしれない……

でも、二人が僕とこうして仲良くしてくれるのを拒否するのは違うよね。

「そうだ、少年。ギルドマスターが部屋に来てほしいってさ」

「わかりました。すぐに行きます」

僕がギルドマスターの部屋に向かうと〝おいおい、ついにぼっちテイマー追放か？〟みたいな野《や》次《じ》が飛んでくる。

しかし〝そこ、出入り禁止にするよ〟とセラさんが一蹴して、その冒険者たちは静かになった。


目的の部屋まで来た僕は、扉をノックした。

「ルフトです」

「鍵はかかってないから、どうぞ」

「失礼します」

僕が扉を開けると、奥にある立派な革張りの椅子に座ったギルドマスターのカストルさんは、ペンを持ってたくさんの書類を見つめていた。

「すぐに終わるから、そこのソファーにかけて待っていてくれ」

僕は言われた通りソファーに座る。

転生系

前世の記憶を持ちながら、
強大な力を授かった主人公たち。
現実との違いを楽しみつつ、
想像が掻き立てられる作品。

異世界転生騒動記

高見梁川

異世界の貴族の少年。その体には、自我に加え、転生した2つの魂が入り込んでいて!?　誰にも予想できない異世界大革命が始まる!!

既刊14巻

転生王子はダラけたい

朝比奈和

異世界の王子・フィルに転生した元大学生の陽翔は、窮屈だった前世の反動で、思いきりぐ～たらでダラけた生活を夢見るが……？

既刊9巻

元構造解析研究者の異世界冒険譚

犬社護

転生の際に与えられた、前世の仕事にちなんだスキル。調べたステータスが自由自在に編集可能になるという、想像以上の力で――？

既刊5巻

異世界ゆるり紀行

水無月静琉　既刊7巻

転生し、異世界の危険な森の中に送られたタクミ。彼はそこで男女の幼い双子を保護する。2人の成長を見守りながらの、のんびりゆるりな冒険者生活！

素材採取家の異世界旅行記

木乃子増緒　既刊7巻

転生先でチート能力を付与されたタケルは、その力を使い、優秀な「素材採取家」として身を立てていた。しかしある出来事をきっかけに、彼の運命は思わぬ方向へと動き出す―

価格：各1,200円＋税

続々刊行中!

話題の新シリーズ

転生・トリップ・平行世界・・・
様々な世界で主人公たちが
大活躍する新シリーズ!

この面白さを見逃すな!

追い出された万能職に新しい人生が始まりました

東堂大稀

既刊3巻

万能職とは名ばかりで"雑用係"だったロアは「お前、クビな」の一言で勇者パーティーから追放されてしまう…生産職として生きることを決意するが、実は自覚以上の魔法薬づくりの才能があり…!?

神に愛された子

鈴木カタル

善行を重ね転生したリーンはある日、自らの称号に気づく。様々な能力は称号が原因だった!!更に伝説の聖獣に呼び出され…!?

既刊4巻

初期スキルが便利すぎて異世界生活が楽しすぎる!

霜月雹花

転生後、憧れの冒険者になるが依頼は雑用ばかり…。しかし、持ち前の実直さで訓練を重ね、元英雄が認めるほどの一流冒険者に!?

既刊3巻

スキル【合成】が楽しすぎて最初の村から出られない

紅柄ねこ

啓示の儀式で授かった【合成】スキル。それは強力過ぎる能力だった!!スキルを隠して過ごすセンの元に異様な姿の男が現れて——!?

既刊1巻

欠陥品の文殊使いは最強の希少職でした。

登龍乃月

魔法の才能がなく実家を追放されたフィガロ。引き取ってくれた伝説の大魔導師の元、徐々に秘められた力に目覚めていくが——!?

既刊3巻

大自然の魔法師アシュト、廃れた領地でスローライフ

さとう

魔法適正「植物」のため実家を追放されたアシュト。第二の人生はスローライフと考えていたが、レア種族がどんどん集まって来て!?

既刊1巻

既刊2巻

勘違いの工房主

時野洋輔

「戦闘で役に立たない」とパーティを追い出されたクルト。工事や採掘の仕事でも役立たず…と思いきや、実は戦闘以外の全適正が最高ランクで!?

既刊3巻

既刊3巻

そんな裏設定知らないよ!?

なつのさんち

ゲーム世界の脇役に転生したリュー。それならと推しキャラ:アンヌを正統派ヒロインにすることを決意!!なのに、知らない裏設定がどんどん出てきて——!?

既刊1巻

既刊2巻

追い出されたら、何かと上手くいきまして

雪塚ゆず

紫の髪と瞳のせいで家から追放されたアレク。素性を伏せ英雄学園に通うと桁外れの才能で人気者に!!実は彼の髪と瞳の色には秘密があり——!?

既刊2巻

既刊2巻

ややあって、コップ二つと水差しを載せたお盆を持ったカストルさんが、僕の向かい側に座った。

「すまない、今日はバタバタしていてね。水で我慢してくれ。お茶は淹《い》れたことがないんだよ」

いつも彼の手伝いをしている秘書のレベッカさんがいないそうだ。

僕が来るから席を外している可能性もあるが、そこは勘ぐることではないだろう。

「従魔一匹は出していていいと言ったのだが……今日は連れていないのかい？」

「はい、冒険者ギルドに入る前に従魔の住処に戻しました。色々と目立ちますので」

それからカストルさんは水を一口飲むと、改まったように告げる。

「ルフト君には、今回のことで迷惑をかけているね。ゴブリンの武器工房を破壊した一番の功労者だというのに」

「いえ、たまたま突入場所が近かっただけですから」

「工房自体より、ゴブリンたちの使う剣を鍛えていた鍛冶職人を引き抜いてくれたのは大きいよ。私も見たが、あのファルシオンの出来栄えは素晴らしかったからね」

今回の強制依頼で僕は、ゴブリンたちに剣を無理やり作らされていたニュトンという職人妖精を五匹助け出し、新しい従魔に迎えた。

ちなみにせっかくなので、従魔の住処にゴブリンの工房から持ち出した耐熱の魔法が付与されたレンガで、ニュトンたちの鍛冶仕事用の窯《かま》を作った。

そうそう、ゴブリンたちが作っていた戦闘用の鎚〝ゴブリンハンマー〟だが、新人冒険者の武器にちょうど良いからと、冒険者ギルドが二十本ほど買い取ってくれた。

馴染みの雑貨店の店主メルフィルさんにも、ゴブリンハンマー三十本と、ゴブリンの革鎧を全て買い取ってもらったから、武器や防具で散らかっていた従魔の住処が少し片付いたよ。

でも、師匠である防具職人のハンソンさんに渡す予定だったゴブリンの革鎧まで、勢いでメルフィルさんに渡してしまったんだった。後でリンゴでも持って謝りに行かなきゃ。

僕はふと思いついて、カストルさんに提案する。

「ニュトンたちが望むなら、頼まれた武器くらいは作れるかもしれません」

「そこは期待しておこう、妖精の作った武器を欲しがる冒険者は多いんだよ。普通の武器であってもね」

「アルトゥールさんにもそう聞きました。泉に住む白き乙女の妖精が、若き王に聖剣を託す昔話があるのだとか……」

強制依頼の帰り道、アルトゥールさんにそんな話を聞かされたのだ。

「そうだね。だから妖精が作る武器に憧れる冒険者は多いんだ。まあ、それは置いておくとして……ここからが本題なんだ。今日君をここに呼んだのは、ディアラたちについて話をしたくてね」

和《なご》やかだったカストルさんの表情が、少し真剣なものに変わる。

「ディアラ……たちですか？」

「ああ、今回ルフト君は何も悪くない。しかし、ディアラたちが君についての良くない噂を流している。はじめは我々もそれを断とうとしたのだが、残念ながら広まる一方だ」

「そう、ですか……」

「このままでは君に害が及ぶかもしれない。だから、ちょっと酷《こく》なお願いなんだが、君にはしばらくカスターニャの町を離れてほしいと思っているんだ」

いきなりそんなことを聞かされて、僕はかなり驚いた。

「もしかして、追放ですか？」

僕の質問に、カストルさんは首を横に振る。

「いや、追放ではない。君は従魔の住処で多くの作物を育てているから、自給自足の生活も可能だと噂で聞いたよ。間違いはないかい？」

「……はい、暮らしていくのに問題はないと思います。でも冒険者ギルドで依頼を受けなければ、冒険者としての資格を失ってしまうのではないでしょうか？」

心配してそう尋ねると、カストルさんは落ち着いて言う。

「確かに一定期間依頼を受けなければ、冒険者の資格はなくなってしまう。それで、だ。君にはまず、冒険者のランクを今のFランクからEランクへ上げてもらいたいと思っている」

「Eランク昇格……　〝初級ダンジョンの攻略〟が条件ですよね」

「そうだ。君なら問題なく初級ダンジョンを攻略できるはずだよ。そしてEランクになったら、アリツィオ大樹海の西側、未開の地の探索依頼を受けてもらいたいんだ」

「依頼、ですか？」

引っかかりを覚えた僕は思わず聞き返した。

カストルさんは真剣な表情で告げる。

「ああ、冒険者ギルドからの正式な指名依頼だ。期間は約一年。多少過ぎてもルフト君の冒険者資格が剥奪されることはない。厄介払いされたように思うかもしれないが、君はディアラや他の冒険者たちに狙われる可能性があるんだ。万が一君が大怪我するようなことがあれば、イリスやセラが悲しむし、何よりアルトゥール君たちも激怒しそうでね」

「冒険者とアルトゥールさんたちの溝がさらに深くなると……」

「あくまで万が一の話だけどね。これ以上、この国の兵士と我々冒険者の仲が悪くなるのは避けたいんだ。彼らと力を合わせて、長い時間をかけてあのゴブリンのコロニーは完全に滅ぼさなければならないからね」

僕は少し思案してから頷く。

「わかりました。その依頼、受けさせていただきます」

カストルさんはほっとした様子で軽く頭を下げた。

「ありがとう。Eランクの昇格試験に使うダンジョンは、浅瀬にある初級ダンジョンに限られている。カスターニャの町の冒険者ギルド管轄のものは三つあるのだが、そのうちの一つ、オークダンジョンは、オーク肉の確保のため今は入場許可が出せないんだ。スライムダンジョンか、ゾンビダンジョンの二つから選んでほしい」

魔力を受けた土地の突然変異をきっかけに、数百年かけてできあがるのがダンジョンだ。

詳しいことはわかっていないが、土地の魔力の質によって、ダンジョンの規模やそこで活動する魔物、出現する宝箱の中身が変わるんだそうだ。

アリツィオ大樹海の浅瀬には最高地下五階層までの初級ダンジョン、中域には地下二十階層まである中級ダンジョン、深域にはそれ以上の階層を持つ上級ダンジョンがあるらしい。

なお、いまだに上級ダンジョンを攻略した冒険者はいないという。

また、これは全てのダンジョンに共通するのだが、ダンジョンの最奥にはボス部屋があり、そこにいる魔物を倒して、初めてそのダンジョンを攻略したことになる。

そして攻略されたダンジョンは一度入口を閉ざし、魔物、宝箱、地形など全てを元通りにした後、再びその口を開くのだ。

そういったダンジョンの仕組みもあって、全ての冒険者たちに攻略の機会を与えられるようにと、ダンジョンは基本的に冒険者ギルドの管理下にある。

ここリレイアスト王国でもそうなっているが、ボスが一度も倒されていない中級以上のダンジョンは好きに入っても問題ない。

しかし現状、ボス部屋までの道中にある宝箱は、あらかた回収されている。ボスは倒せていないのでダンジョンは閉じず、残っているのは魔物だけ。そんな状態なのだ。

宝箱についてだが、先に説明したようにボスを倒すたびに新たなものが湧く一方、そのサイクルをくり返すたびにどんどん中身の質が落ちていってしまう。

なので、数多《あまた》の冒険者たちに攻略されている初級ダンジョンは、今は石ころしか出てこないという。

そして、カストルさんからはゾンビダンジョンか、スライムダンジョンを提示されたわけだけど……

「スライムダンジョンに行かせてください」

僕があまりにも勢いよく返事をしたので、カストルさんは驚いたようだ。

僕がゾンビダンジョンを選ばなかった理由――あそこには、様々な生き物のゾンビが出るのだが、ゾンビとはつまり〝腐った死体〟なのだ。

生き物の腐った匂いをダンジョンで嗅《か》ぐことを想像してもらいたい。

ほんの少しの生ごみすら密室にあると臭いのに、ゾンビは雑食性の生き物たちの肉と臓器が腐ってドロドロなのだ。

異臭で狩りをするどころの話じゃない。

同じように考える冒険者は多く、Eランク昇格試験では圧倒的にスライムダンジョンが選ばれている。

そして僕にはもう一つ、スライムダンジョンを選んだ理由がある。

Fランクに昇格したことで僕は、冒険者たちが残した記録や魔物図鑑、地図等が保管してある冒険者ギルドの図書室に入れるようになった。そこで従魔登録をしてくれたクラークスさんに見せてもらったのが——今まで誰も読むことのなかったという、数少ないテイマーの先輩たちが書いた日記や書物だった。

その中に、スライム種は進化しやすいとの記述があった。

スライムの進化には二つの種類があって、大きくなるか特殊能力を得るのかを、スライム自身が主の顔色を見ながら選択するらしい。

これはぜひともスライムを従魔にして進化させたい！　と考えるのは当然ではないだろうか。

ちなみに、スライムダンジョンにいるスライムは基本的には五色。ただ例外はあり、稀に珍しい色のスライムがいるそうだ。

今回は三から四種類、従魔にできればと考えている。

なお、スライムダンジョンは何度も攻略されていることもあり、地図と階層ごとに出るスライムの種類までわかっている。

これなら攻略自体は一日もかからない気がする。

宝箱は一つ開けてみて、中身が石ころなら残りはスルーで問題ないだろう。

そうそう、ニュトンたちは冒険者ギルドにも従魔登録済みで、名前は〝ダルーアン〟〝ダモルト〟〝ダダーディン〟〝ダアルダイン〟〝ダヘナ〟にした。

はっきりとは覚えていないが、記憶の片隅にあった妖精の歌に登場した言葉がこんな感じだったからだ。

過去を思い出せない僕の数少ない記憶に残された言葉だし、新しい家族の名前にもぴったりな気がする。

ちなみに、ニュトンたちはフローラルやレモンのように魔法は使えない。

まー、鍛冶の才能があるし、僕的には戦えなくていいやと思ったんだけど、彼らは戦闘でも役に立ちたいらしく、従魔の住処で訓練を頑張っている。

ギルドマスターのカストルさんと話し終えた僕は、冒険者ギルドでの居心地の悪さに耐えられそうもないので、早速スライムダンジョンを目指して出発することにした。

✽

リレイアスト王国王都リオリス――

今回行われた、ゴブリンのコロニー奇襲作戦の報告のため、アルトゥールとバルテルメの両兵士長は王城に呼ばれていた。

二人は謁見《えっけん》の間《ま》で、王の前で片膝を突いて頭を下げる。

王は厳《おごそ》かに口を開いた。

「……ゴブリンの上位種を狩れたことは大きな成果だろう。アルトゥール、バルテルメ、共に良くやった」

「「ありがとうございます」」

「それに冒険者たちには悪いが、我がリレイアスト王国の兵士たちが皆無事で帰ってきたのも喜ばしいことだ。二人に聞く。これで一、二年はゴブリンどもがあのコロニーを出て、私たちリレイアスト王国の領地に攻め入ることはなくなったと考えるか」

二人はちらと視線を合わせた後、アルトゥールが口を開いた。

「代表して私がお答えします」

「アルトゥール、発言を許す」

王の隣に立つ側近の許可を得て、アルトゥールは報告する。

「ハッ、今回の奇襲作戦で短く見ても二年は時間が稼げたと思っております。相手が魔物のため、確実にとは言いきれませんが」

「もちろんだ。お前たちが出してくれた報告書を参考に、コロニーの殲滅作戦の決行日は、将軍たちと相談した上で決めるとしよう。それと一つ面白い記述を見たのだが……強い魔物を従魔にしたテイマーの少年に出会ったとあるが、本当か？」

王のその言葉で、にわかに謁見の間が騒がしくなる。

〝役立たずのテイマーにそんなことが〟〝見間違いではないのか〟等、多くの否定的な言葉が飛んだ。

「皆、静まれ。王の前であるぞ」

側近の言葉で、部屋の中は静けさを取り戻していく。

「アルトゥール、どうなんだ」

「ハッ、真実でございます。強い、といっても我々兵士長程度の強さの魔物ですが。その少年が特別だったからではないかと」

王は頷きつつ言う。

「きっとそうだろう。今までテイマーについては、多くの研究がなされてきたのだ。ただ、斥候に従魔を使うという考えは実に興味深い。魔物は人よりも感覚に優れている者が多いからな。しかも従魔の動物が魔物化するとは……アルトゥール、及びバルテルメよ。お前たちの部隊への、テイマーの雇用を認めよう。成果を楽しみにしているぞ。二人とも下がるがよい」

この日から、不遇職と呼ばれていたテイマーに少しだけ変化が起きた。

リレイアスト王国軍のいくつかの部隊で、テイマーを雇用する動きが出てきたのだ。

貴族の中にも、自分たちの子供のクラスがテイマーだったため、役立たずの烙印《らくいん》を押されていた者が複数いる。そういった者でも、斥候ではあるものの、騎士団や兵士団の中で役割を得られる可能性が出てきたのだ。親として、それに縋《すが》りたくなるのは、当然の感情なのだろう。

こうしてリレイアスト王国では、斥候補佐としてのテイマーの雇用が試験的にはじめられたのであった。


王との謁見を終えたアルトゥールとバルテルメは、友人のもとを訪れていた。

兵士長プリョドールの部屋だ。

彼の横には、側仕えの若い少年が一人立っている。

アルトゥールとバルテルメがソファーに座ると、少年は二人の前に紅茶の入ったカップと、茶菓子の入れられた器を並べた。

「ありがとな、少年。プリョドール、この子は君の子か？」

「違う違う、俺にこんな大きな子がいるわけないだろう。うちの部隊の新入りでな。見どころがあるもんで、暇な時は側仕えをやらせてマナーを教えているんだよ。剣の腕もなかなかのもんだぜ」

「ほー……少年、名前は」

バルテルメは感心したような声で尋ねた。

「モーソンと言います。よろしくお願いします」

「モーソン君か……私はバルテルメでこっちがアルトゥールだ。よろしくね」

元気良く挨拶するその少年を見たアルトゥールは、つい最近出会った少年、ルフトを思い出していた。モーソンはルフトと同じくらいの年齢に見えたのだ。

プリョドールが尋ねる。

「そういえばアルトゥール、ゴブリンのコロニーはどうだった？」

「それを聞きたくて、俺とバルテルメを呼んだんだな、お前は」

「お前ら、どうせ暇だったんだろう」

プリョドールはにやっと笑った。アルトゥールは肩をすくめて答える。

「まーな。報告書にも書いたけど、あのままであれば国になってもおかしくなかった。あんな大規模なゴブリンのコロニーなんて見たことがない。しかも、そこで暮らすゴブリンたちは頭が良い」

バルテルメも頷いて話を引き継ぐ。

「そうですね……今回は潜入するのも楽でしたが、次に行く時はおそらく……町を囲む壁は強化されているでしょう。畑を耕して水路を引くゴブリンですよ」

バルテルメは大袈裟《おおげさ》に両手を上げて〝お手上げです〟と冗談っぽく言う。

「そりゃー厄介そうだ……そうだ、面白いテイマーと出会ったとか」

「ああ、聞いてくれよ、プリョドール。ルフト君って子でさ……」

その時だ。

側仕えの少年モーソンが、手に抱えていた鉄製のトレイを床に落とした。

急に部屋に響いた音に、三人の視線が集まる。

「ルフトが……ルフトがいたんですか!? 黒髪で背の小さなテイマーの……」

「モーソン君、ルフト君を知っているのかい?」

尋常じゃない様子のモーソンに、アルトゥールが尋ねた。

モーソンは震えながら答える。

「……おそらく、僕の幼馴染のルフトだと思います。別れ際に〝僕は貰い手がないから、たぶん冒険者を目指すことになるだろう〟と言ってましたから」

その話を聞いて全員が疑問に思ったことを、アルトゥールが言った。

「貰い手って？」

「僕たちは、〝名も無き村〟の出身なんです」

その村の名前には、三人も聞き覚えがあった。

「名も無き村って、いらない子供を薬漬けにして記憶を消してから商品にする……」

思わずそう口にして立ち上がったアルトゥールを、プリョドールが押さえる。

「アルトゥール、モーソンの前で変なことを言うな」

「……すまない、モーソン君。それにプリョドールも」

モーソンも何かを思い出しているのか、ルフトの名を聞いた時の喜びに満ちた表情は消え、今はその顔に少し影が差している。プリョドールがモーソンに声をかける。

「モーソン、お前は訓練の時間だ、戻りな。俺たちの部隊も、次のゴブリン殲滅作戦には参加する予定だ。その時、幼馴染と会えるといいな」

「……はい、ありがとうございます。アルトゥール兵士長、僕たち名も無き村の子供は、貰い手がつかない日数が長いほど、薬で記憶を失うんです。おそらくテイマーのルフトは最後まで残ったはずだから……僕のことも、あいつが一番仲の良かった女の子のことも、きっと覚えていないと思います。彼女については僕もはっきりとは覚えていませんが……でも、僕はあいつが忘れていたとしても、絶対ルフトに会いに行きます」

モーソンはそう言うと、プリョドールの部屋を出ていった。

プリョドールはため息をつきつつ、アルトゥールに告げる。

「ったく……アルトゥール、ガキの前で何を言っているんだ」

「本当にすまない、プリョドール。でも、あの村は……」

取り乱すアルトゥールの肩に、バルテルメが手を置いた。

「落ち着いてください、アルトゥール。あの村については、国の中でも上の人間しか知らないんです。今考えるべきことじゃありません。それに、モーソン君の記憶から消されたという少女の行き先は想像がつきますが……彼と、そしてルフト君には秘密ですよ」

「わかってるよ。俺だってこの国の兵士だ。クソ、あの村の出身って言われると、ルフトが他のテイマーと違うことも理解できちまう」

アルトゥールとバルテルメ、プリョドールの三人は、その後夜遅くまで酒を酌《く》み交わした。

✽

僕は地図を見ながら、スライムダンジョンがある場所まで来ていた。そこには、青白く光る大きな石の祠《ほこら》があった。これは事前にカストルさんから聞いていた通りだ。

おそらくこの光が結界の役割をしているんだろう。

僕は、これも言われた通り、青い光にギルドカードを当てる。青い光の一部に穴が開き——これで祠の中に入ることができるようになった。

入口には下に続く階段があり、僕は迷わずそれを下りる。

相手がスライムなので、油断をしているつもりはないものの、いつもの従魔たちとは顔ぶれを変えてみた。

もちろんボス部屋は、フルメンバーで突入する予定だけどね。

今回のメンバーは、レモンにレッキス、新しく仲間に加わったニュトンのダルーアン、ダモルト、ダダーディン、ダアルダイン、ダヘナの七匹だ。

ニュトンたちはゴブリンハンマーを改造して短くした〝ゴブリンハンマー改〟と、彼らのお手製のミニシールドを装備している。

ニュトンたちは身長五十センチと背丈は低いが、立派な剣を鍛えるだけあって、小さいのに僕よりもずっと力持ちなのだ。

スライムの中には、ほぼ液体の体を使って生物の穴という穴から体内に入り込み、内側からその生物を食い殺す凶悪なものもいる。アリツィオ大樹海では、まだそういった高ランクのスライムは目撃されていないけど気を付けよう。

ちなみにこのダンジョンにいるスライムは、半液体状のふにゃふにゃした体の中に丸い核を持つタイプで、核を破壊すれば倒すことができる。スライムは牙ウサギや角ネズミ同様に弱い魔物なのだ。

今回は、ニュトンたちの訓練を第一に考えている。

期待通りニュトンたちは〝ブルースライム〟〝グリーンスライム〟〝イエロースライム〟の核を一撃で叩き潰し、進んでいった。ハンマー攻撃を受け、液状の体が派手に弾け飛び核を砕かれるスライムたち。

地下一階には地図通り宝箱が一つあったのだが、中身は石ころが一個……念のため『鑑定』を使うも、やはりただの石ころだった。ボス部屋以外の宝箱は、開けずに放置かな。

地下二階のスライムの数は地下一階に比べて多く、この階層には〝レッドスライム〟という新しいスライムが出現した。

だが、やはり苦戦することもなく一撃で倒していく。三個あった宝箱も、中身はおそらく石ころなので放置だ。

倒したスライムの魔石は、安価ではあるものの買い取ってもらえるので、後ろを歩く僕とレモンが拾っていく。

あまりにもあっけなくスライムを倒すニュトンたちに、レモンが半ば呆れた声を出す。

（主様、さすがにこれでは訓練にならないのではないでしょうか……？）

「うん、僕もそんな気がしてきたよ、レモン。牙ウサギや角ネズミ相手の方が、まだニュトンたちの経験になりそうだよね」

地下二階では仕方なくスライムを全部退治していたが――後半はスライムたちが戦いを避けようと必死に逃げる始末。逃げるスライムを追い回し潰すニュトンたちの姿は、なかなかシュールだ。

僕たちはそんなスライムを追いかけて倒す行為に、罪悪感すら覚えはじめていた。倒そうとするから反撃するだけで、何もしなければスライムから襲ってくることは滅多にないのだ。

（向かってくるスライムだけを倒し、逃げる者は見逃してもいいのではないでしょうか？）

「レモンの意見に賛成かな。僕も逃げるスライムを倒すのはどうもね……攻撃してくるスライム以外は見逃そうか。あと、スライムに言葉が通じるか謎だけど、従魔になりたいスライムがいるか呼びかけてみるよ。ニュトンたちも、ごめんね。訓練にならないけどそれでいいかな？」

喋れないニュトンたちは、僕の言葉に頷いている。

見た目がおじいちゃんだから言葉も覚えられそうなんだけど、ニュトンたちは一向に喋る気配がない。

何かコミュニケーションの手段を考えないとなあ、などと思案しているうちに、僕たちは地下三階に到達していた。

地下三階は、一本の長い道が円を描くようにぐるぐると中心に続いている階層だった。

大量のスライムたちは、僕たちを避けるように壁に張りつき、明らかに僕たちのために道を空けていく。

中には怯えて震えている子もいるし……

とりあえず僕は、地下三階のスライム全部に聞こえるくらいの大声を出した。

「スライムのみなさーーーん」

その瞬間、壁に寄ったスライムが一斉にブルブルと震える。

これは、僕の言葉が通じる気がするな。

「この中で僕の従魔になりたいスライムはいませんかーーー？　色かぶりはなしで限定三匹か四匹まででーす！」

すると、僕の言葉を吟味《ぎんみ》するように、一斉にゆらゆらと揺れはじめるスライムたち。

じーっと見ていると、最初にレッドスライムが一匹、手を上げるみたいに自分の体の一部を伸ばして、ピョンピョン飛び跳ねながら僕の前に進んでくる。

その子は直径三十センチほどのみかんのような形をしていて、プニプニしたその体は、近くで見ると触ってみたいという衝動に駆られる。

「君は僕の従魔になりたいってことで間違いないかな？」

レッドスライムは、今度は全体を縦長に伸ばしコクコクと頷いてみせる。

「ありがとう。今日から君は僕の仲間だ。よろしくね。名前はそうだな……〝レッドさん〟で」

あれだ、別に赤いスライムだから名前をレッドと決めたわけじゃなく、第一印象でレッドさんと決めたんだ。

レッドだと見たまますぎるから、申し訳なくて〝さん〟をつけたわけじゃ断じてない。

もう一度言おう。〝レッドさん〟までが名前なのだ。つまり丁寧に呼ぶと〝レッドさんさん〟になってしまう。

無事、僕とレッドさんを光の鎖が繋いで光が僕たちを包み、従魔契約が成立する。

その後、ブルースライムとグリーンスライムが同じように僕の前に来たので、従魔契約を結んだ。

地下三階では、この三匹と契約を交わしたところで〝はい、ここで打ち切りまーす〟と宣言した。

〝遅かったかー〟的な動きを見せたスライムが何匹かいたのだけど、可愛すぎて〝延長しまーす〟と言いそうになったのはヒミツである。

予想できると思うけど、名前は〝ブルーさん〟と〝グリーンさん〟で決定です。

この階では結局、襲ってくるスライムは一匹もなく、地下一階と二階で倒してしまったスライム

には、申し訳ない気持ちでいっぱいになった。

他の冒険者はわからないが、テイマーである僕は〝害のない魔物は殺さずに、できるだけ話し合ってわかり合うべきだ〟と考えている。

そんな思いを抱きながら僕たちは長い通路を抜け、地下四階へと下りた。

地下四階は直径三十メートルほどの丸い部屋が三つある階層だ。

僕たちが地下四階の部屋にやって来ると、仲間にしたばかりのブルーさんが、近くにいたスライムに話しかけるような素振りを見せる。

そうすると、そのスライムが近くのスライムに、またそのスライムが隣のスライムにと、何やら耳打ちしているみたいだ。

少しするとスライムたちが綺麗に並び、僕たちを迎えるかのごとく、体を薄くして土下座するような格好になった。

おそらくブルーさんは、〝うちの主に逆らわなければ叩いたりしないぜ。道を開けてくれないかい？〟的なことでも言ったのではないだろうか？　あくまで僕の妄想だけど……

スライムたちの土下座の列に導かれるまま、地下五階へ続く階段まで来ると、大勢のスライムたちが一匹のスライムを僕の前に押し出す。

突然変異なのだろうか。真っ白いスライムだった。

仲間になりたそうにしていたので、僕は早速従魔契約を結ぶ。『鑑定』で調べると〝ホワイトスライム〟という冒険者ギルドの魔物図鑑にも載っていない種類だった。

もちろん名前は〝ホワイトさん〟だ。レアスライムゲットかな。

これでスライムダンジョンでは、四匹のスライムと従魔契約をした。

なんだかんだで僕の従魔の数は、これで十六匹になった。

多すぎる気もするけど、少ないよりは多い方が楽しいと思うので深く考えないことにする。みんなの食事が大変そうだな……まあ、それは狩りを頑張ろう。

そのままスライムたちを連れ、地下五階のボス部屋へと進む。

ボス部屋の扉は、高さ三メートルはある重そうな石作りのものだ。

冒険者ギルドの資料によると、ダンジョンのボス部屋の扉は近づくと自動的に開くのだという。

その前に従魔のみんなを呼んだのだが、ダンジョンの中に従魔が十六匹も並ぶとさすがに窮屈《きゅうくつ》に感じる。

僕たちが目の前に立つと、大きな石の扉は音を立てて内側へ開く。

部屋の奥には、直径二メートルはある巨大なスライムが、その青い体をぶるぶると震わせていた。

〝ジャイアントブルースライム〟はランクDプラスの魔物で、ランクが高い理由は異常に高い生命力と、核を包む分厚いぶよぶよの体による耐久力のためだと言われている。

確かにあの体の大きさを利用した体当たりは脅威かもしれない。でも、テリアとボロニーズなら盾で十分受け止められるだろう。

今回新たに仲間に加わったスライムたちには、無理をせず隙《すき》を見て死角から体当たり攻撃するように伝えてみた。僕の言葉が伝わっていると信じたい。

先制攻撃は、フローラルとレモンの魔法に任せた。

二匹の『マジックミサイル』はいつの間にかレベルが上がっていたらしく、二十本の矢がジャイアントブルースライムの体に突き刺さる。

味方ながら容赦《ようしゃ》ない攻撃だ。

叫ぶように体を細長く縦に伸ばして震えるジャイアントブルースライム。なんとなくだけど、二匹の魔法攻撃でもう瀕死《ひんし》の状態なんじゃないか、と思ったのだが……

どうやらその考えは当たりだったようだ。

ジャイアントブルースライムは僕たちに突っ込んでくる途中にフローラルの『ファイアーアロー』を受け、丸い核を残して体全体が水みたいに溶けていく。

さらけ出された核を、レッキスが角で貫いてとどめを刺した。

核を引き裂いて魔石を取り出してから、僕は部屋の奥にある宝箱へと向かう。さすがにボス部屋の宝箱に石ころは入ってないだろうと、ウキウキしつつ開けた。

宝箱って男のロマンだよなーと思わず笑みが……笑みが……うん、現実なんてこんなものさ。

「ちっくしょおおおーーー！」

宝箱には錆《さ》びたナイフが一本入っており——僕は反射的に叫びながら地面にそれを叩きつけてしまった。

従魔たちは、僕の急な行動に少し驚いているようだ。

冷静になって、床に転がるナイフに近づく。

実は魔法のナイフでしたーって可能性もあるし、『鑑定』を使ってみた。

〝錆びたナイフ〟

……うん、やっぱりこんなものだよね。床に四《よ》つん這《ば》いになって落ち込む僕を心配して、テリアが慰《なぐさ》めるように肩に優しく触れた。ありがとう、テリア。

スライムダンジョンは何百回、何千回と攻略されているダンジョンなのだ。

わかっていたはずだ、こうなることも……

僕は〝西の未開の地にはお宝ザクザクの新ダンジョンが待っているはずだ〟と気を取り直し、ジャイアントブルースライムを倒したことで宙に浮かび上がった光の紋章に触れる。

ダンジョンはボス部屋の魔物を倒すと、このような紋章が現れる仕組みで、それに触れるとダンジョンの入口に瞬間移動して攻略完了となるのだ。

「みんな帰ろうか……」

無事に戻ってきた僕たちが入口から離れると、スライムダンジョンは再生のために口を閉ざし眠りに就いた。

✽

スライムダンジョンの攻略を終えた僕はカスターニャの町へ戻り、早速、冒険者ギルドに報告に行く。

まだ暗くなる前なので、冒険者ギルドはそれほど混み合っておらず、イリスさんの窓口も空《す》いていた。

「ルフト君、聞いたわよ。ギルドからの指名依頼で一年間、西の未開の地の探索に行くって」

彼女は嬉しそうに、そして少しだけ寂しそうに僕に笑いかけた。

「はい、僕も良い機会だと思って受けることにしたんです。それで、イリスさんにお願いがあって……」

「お願い？」

「はい、一年近く戻らないと思うので、アルトゥールさんたちに知らせておきたいんです。手紙のやりとりをする約束をしていたもので。確か五通も出せばほぼ間違いなく届くんですよね？」

僕が確認するとイリスさんは頷いた。

「人が運ぶから、どうしても紛失しちゃうのよね。三通出せば大丈夫だと思うけど、五通も出せば確実でしょう。別々のルートで届けさせるから一つは必ず届くと思うわ」

僕は、準備しておいたアルトゥールさん宛の手紙五通と、その代金をイリスさんに渡す。

彼女はそれを受け取ってから、寂しそうに言う。

「ルフト君、一年と決めずにいつ帰って来てもいいのよ」

「ありがとうございます。でも、強くなるために頑張りたいんです」

僕の目を見て説得するのは無理だと思ったのか、イリスさんは大きくため息をついた。

「うーん、わかったわ。それじゃあルフト君がいつ戻ってもいいように、この町の冒険者ギルドでは、誰にもルフト君を悪く言わせない」

「えっ……」

すると隣の窓口からセラさんも顔を出した。

「少年、私たちに任せておけ。ディアラの好きにはさせないから」

「いえ、僕は大丈夫ですから……お二人とも危ないことはしないでください」

「大丈夫だ、少年。今回は強い味方がいる」

「どうせ、グザンさんあたりでしょう」

僕の突っ込みに二人は一斉に目を逸らす。わかりやすいな二人とも……どっちが子供なのかわからなくなるよ。

その後、僕はスライムダンジョンの攻略を伝え、冒険者ランクをFランクからEランクへと上げてもらった。

これで僕も、アリッィオ大樹海中域を探索する資格を得たことになる。

浅瀬と中域の間には、壁やスライムダンジョンの入口にあった結界のようなものはない。

ただ、浅瀬と中域の境界には魔力の溝があり、そこを越えると明確に〝中域に入った〟と感じるのだそうだ。

もちろん、越えたからといって何か体に変化が出るわけでもないし、黙っていればわからない。

だが、万が一Fランク以下の冒険者が中域に入ってそれがバレると、罰金や無報酬での社会貢献作業等、様々な罰が科せられる。

用事を済ませた僕は椅子から立ち上がった。

すると〝ルフト君〟〝少年〟とイリスさんとセラさんが呼び止める。

僕がそちらを振り返ると——

「「いってらっしゃい」」

僕は二人に笑顔で応えた。

「いってきます」

そうして冒険者ギルドを出ようとしたら、僕が来た時からいたグザンさんに引き止められた。

「ルフト、嬢ちゃんたちから話は聞いた。未開の地の探索に行くんだってな。無理はするなよ」

「グザンさん、僕の名前……」

彼が僕のことを〝ぼっちテイマー〟ではなく、ルフトと呼んだのは初めてだ。グザンさんは少し照れたように鼻をこすった。

「まあな。ルフト、お前は今回のゴブリンのコロニー奇襲作戦で最も成果を上げたんだ。胸を張れ。それとディアラのことはホントすまない。あいつに好き勝手やらせてしまったのは、俺たち古参の冒険者の責任でもある」

そう言うと、グザンさんは僕に深々と頭を下げた。

「グザンさん、頭を上げてください」

慌てて走り寄ると、彼は僕の手を取って歩き出した。

「ルフト、餞別《せんべつ》に稽古をつけてやる。ついてこい」

「……え？　僕じゃ相手になりませんって、テイマーですよ⁉」

「従魔のコボルトが進化して上位種になったんだろ？　アルトゥールから聞いているぞ。三対三だ」

グザンさんは僕の手をグイグイと引っ張って、冒険者ギルドの訓練場へと歩いていく。

「アルトゥールさんと知り合いなんですか？　あ、ライアンさんにアンドレさんまで……」

訓練場に到着すると、僕の前には憧れのトップランクパーティ〝暴走の大猪〟のライアンさんとアンドレさんが立っていた。

グザンさんを含めた目の前の三人は、身長二メートルとただでさえ大きいのだが、今はさらに大きく見えた。

従魔の住処で話を聞いていたのだろう、テリアとボロニーズがやる気に満ちた顔で出てくる。

得物は、訓練場に用意してある木製のものを各々選ぶ。

テリアが剣と小さめの盾、ボロニーズが棍棒と大き目の盾、僕は槍だ。

暴走の大猪のメンバーは、グザンさんが棍棒、ライアンさんとアンドレさんが棍棒と盾をそれぞれ手に取った。

知らないうちに訓練場を囲む見物席には、人が集まっていた。

この時間に冒険者ギルドにいるのだから暇なのだろう。彼らはテリアとボロニーズを見て驚いている。テイマーがコボルトの上位種を従魔として連れているのは、彼らとしては不思議なことなのだ。

そんな反応を見て、なぜかグザンさんが楽しそうに笑っていた。

予想通りといえば予想通りなのだが、この町最強のBランク冒険者を前に、僕たちは惨敗《ざんぱい》だった。

一分ももたなかったんじゃないだろうか……

また〝ぼっちテイマーが……〟と野次られるのを覚悟して体を起こすが、いつまで経ってもそんな声は聞こえてこない。

その時、グザンさんが声を張り上げた。

「お前ら見たか、これがルフトたちの実力だ！　ここにいる冒険者で俺たち相手に十秒もつやつが何人いる？　いないだろう。テイマーだから、不遇職だから、なんだ！　ディアラの馬鹿の言葉を真に受けるな。お前たちは十一歳のルフトに追い越されたんだ。わかるか、相手を蔑む暇があるなら、自分たちが強くなる努力をしろ！」

グザンさんの言葉が、訓練場に響き渡った。

……やばい、泣きそうだ。

涙を堪《こら》えて立ち上がろうとする僕に、グザンさんは手を差し伸べ、立たせてくれた。

テリアとボロニーズもライアンさんとアンドレさんに手を借りて立ち上がると、何か話をしている。

グザンさんは僕の目をまっすぐに見つめた。

「ルフト、一年の探索、大変だろうが、強くなって戻ってこいよ」

「ぜったい……グザンさんにか、勝てるようになって、戻ってきます」

ダメだ、涙が溢れてきた。止まらないや……

「ったく……泣いてんじゃねーよ。テリア、ボロニーズもしっかり主を守れよ」

「あるじ、まもる」

「まかせとけ」

僕はなんとか声を絞り出して感謝を伝えた。

「グザンさん、ライアンさん、アンドレさん、ありがとうございました。いってきます」

「ルフト、頑張れよ」

「またな坊主」

「再戦、楽しみにしている」

三人の言葉を受けた僕は、テリアとボロニーズを従魔の住処に戻し、歩きはじめる。

ギルドを出るまでに、〝ぼっちテイマー、ごめんな〟〝ディアラとの決闘を見ていたはずなのに、すまなかった〟とか、何人かの冒険者に言葉をかけてもらった。

冒険者ギルドの扉を開けようとすると、イリスさんとセラさんが来た。そして、僕にギルドマスターからだという一枚の羊皮紙を渡してくれた。

カストルさんの署名入りで、他の町で急を要する時にこれを見せれば、色々と力になってもらえる、ありがたいものなのだとか。

僕は涙が止まったのを確認してから、一年間留守にする旨を町のみんなに報告しつつ、従魔の住処で保存しておく食料や必要なものを色々と買い込んだ。

結局、町の人に別れを言っている時にまた泣いちゃったんだけどね。

強くなって、また一年後にみんなに〝ただいま〟を言わないとな。

こうして、僕たちは西の未開の地を目指して出発した。

第三章　未開の地

カスターニャの町を出てから二日、僕たちが最初に目指したのは、強制依頼の前に訓練に来た、大サソリたちの縄張りだった。

実は僕たちは前回、いかにもダンジョンがありそうな怪しい場所を見つけていた。

そこは高い茂みに囲まれており、なぜか大サソリたちは、近づくのを避けるように動いていたのだ。

その時は、とにかく多くの大サソリを狩りたかったので確認しなかったものの、明らかに怪しいので、僕は念のため地図に印だけつけておいた。

ただ、地図にバツ印を書いただけで詳しい場所をよく覚えていないため、同じような茂みが多いここでは、見つけるのにかなりの労力が入りそうだ……

結局その日は見つけられず、僕たちは従魔の住処に戻って休むことにした。

「あるじ、だんじょんないのに、たのしそう」

「だってテリア、町に戻らないでひたすら未開の地を探索なんて、これぞ冒険者って感じだよ！　しかも見てよ、この怪しそうな植物たちを」

僕がニタニタしながら、ジャーンと擬音《ぎおん》が出そうな感じで手を開くと、その中には色とりどりの不思議な形をした植物が並んでいた。

毒草っぽいものも多々あるけれど、気にしたら負けだ。

毒草対策にちゃんとグローブも着けているしね。

「見て、これなんて葉っぱまで真っ黒なんだよ！　光を受けるのに色は関係ないのかな？　これは、冒険者ギルドの図鑑でも見たことないし、新種じゃないかな」

僕の興奮ぶりを見て、レモンが若干呆れたように言う。

（主様、私も人間のことはよくわかりませんが、冒険者は普通、そこまで植物に興味は持たないと思うんです。学者ならわかりますが……）

「そうかなー、楽しいのになー」

（主様はそんなにじっくり見なくても『鑑定』を使えばそれが何か、すぐにわかるんじゃないんですか？）

「レモン……それじゃーロマンがないんだよ！」

（ロマンですか。主様、その言葉好きですね）

力説する僕に苦笑いのレモン。そこにフローラルが口を挟んだ。

（レモン、主様の好きにさせてやれ。こんなに生き生きした主様を見るのは初めてだぞい）

僕は出発前に大量に購入したノートに、一つ一つ植物の絵と特徴を書いていく。ゴブリンハンマーをたくさん売ったのでお金に余裕ができ、色々揃えられたのだ。

テリアは僕から離れて、ボロニーズと稽古をはじめた。

ニュトンたちには、従魔の住処で農具を作ってもらっている。

彼らが今作っているのは、スライムたちが持ちやすいように工夫されたスコップだ。

スライムたちは朝晩と僕の畑仕事を手伝ううちに、体の一部を変形させて道具を使うことを覚えたのだ。

おそらく道具を使うスライムなど、世界中を探してもここにしかいないだろう。

（主様、私も一ついいでしょうか？）

「なんだい、フローラル」

（ニュトンたちには好きなものを作らせる、と言っていたと思うのですが……）

「楽しそうに作っているから、あれを作りたいんじゃないのかな？」

（主様が喜ぶので、彼らもやりがいは感じていると思います。しかし、ニュトンの多くは武器作りが好きなようで……）

フローラルのその意見に対して、一匹のニュトンがフローラルの横に来て鎧を突っついた。

よくわからないが、〝大丈夫、農具作りも楽しいぜ。主にとって必要なんだ。作ってやろうぜ〟的なことを言っている気がする。

あくまでそんな気がするだけだけど……

ニュトンの一匹は満足げな笑みを浮かべて僕に親指を立てて見せる。最近従魔の間でこの親指を立てる、サムズアップポーズが流行しているらしい。

彼らが農具作りに喜びを見出しているのは、僕が武器を欲しがらないからな。従魔たちに欲しい武器があったら、ニュトンたちにお願いするように言っておこう。

先ほどレモンに見せていた植物は、結局一つ一つ調べるのも手間だったので『鑑定』を使った。

レモンには呆れられたけどね……

でもその結果、面白い植物が三つあった。

【ヒャクカマドの枝】
種族：ヒャクカマド
補足：百度窯に入れても、燃え残る木の枝。

おそらくナナカマドの木が、アリツィオ大樹海の魔力を受けて変異した植物だと思う。ナナカマドの木は非常に霊力が強く、〝ドルイド〟と呼ばれる魔法使いが杖の代わりにその枝を使うと言われている。
ヒャクカマド特有だと思うのだが、樹皮が鉱物のように輝いていた。それが珍しかったので、僕は枝を一本折らせてもらったのだ。従魔の住処の土なら、挿し木して三日もすれば根付くだろう。

【プチトーチソウ】
性質：花を潰すと光る草。

プチトーチソウは十センチほどの草丈で、ネコジャラシの穂みたいな橙色《だいだいいろ》の形の花を咲かす。この植物の特徴は、その花を潰すと薄《うっす》らと光を放ち、それが三十分くらい続くこと。スライムダンジョンは明るかったけど、育てれば暗いダンジョンで役に立ちそうだ。
魔道具のランタンと違ってプチトーチソウなら、地面に撒《ま》いて足元を照らすこともできそうだしね。

【キャンディーフラワー】

性質：種が甘くて美味しい植物。

花が咲いた後、長さ三センチほどの透明な種ができる。種は様々な味がして、舐めると甘くて美味しいのだ。

これは単純に食べてみたかっただけです。

この三つは栽培決定かな。

ヒャクカマドの枝は根が出るまで植木鉢で育て、根が出たらリンゴの木の横に植えようと思う。

プチトーチソウとキャンディーフラワーは、ニュトンたちに作ってもらったばかりのスコップを持って嬉しそうなスライムたちと、一緒に畑に移植した。

✽

翌朝、日が昇るのと同時に僕たちは動きはじめた。

道具を使うことを覚えたスライムたちが、ニュトンたちの作ったダガーを手というか体の一部に巻きつけている。昨日遅くまでニュトンたちが武器を作っていたけど、このダガーなのだろう。

僕たちは昨日に続いてパーティを二つに分け、大サソリを狩りながら怪しい茂みを探していく。

太陽が真上に上り昼も近くなった頃、僕とは別のパーティで動いていたアケビが何かを見つけたのか大きく吠えた。

アケビたちのいる方へ向かい、目の前の茂みを掻き分けると、そこには穴があり、地下へ続く階段があった。

アリッィオ大樹海の中にある階段だ。ダンジョンの入口で間違いないだろう。

僕たちは従魔の住処へ戻り昼ごはんを食べてから、ダンジョンの探索に向かうことにした。


昼を食べ終えた僕たちは、早速、階段で地下一階へ下りた。

スライムダンジョン同様、ここも光のあるダンジョンみたいだ。

ちなみにゾンビダンジョンは真っ暗だと聞いているので、ダンジョンが明るいか暗いかはダンジョンの中に住む魔物の生態で変わるのだろう。

魔物だって、真っ暗な環境よりも明るい方が暮らしやすいはずだと思う。アンデッドのような魔物は別かもしれないけど。

地下一階は、幅二メートルくらいの通路がまっすぐ続いている階層だ。

明るいため先まで見通せるのだが、この通路の先はT字路になっている。

通路で進む順番を決めていると、遠くにあるT字路の陰から魔物が姿を見せた。

〝グリーンマン〟だ。

グリーンマンは、蔓《つる》のような植物が人や動物の形になって徘徊《はいかい》する魔物だ。スライムと同じく核があり、それを壊せば倒せる。

大半のものは動きが遅いため、ゴブリンよりも弱い。

だけど森では植物系の魔物は気配が薄いのと、周りの植物に擬態《ぎたい》しているため、その脅威度も一気に跳ね上がり、油断できない魔物になる。

ここは石作りのダンジョンの中なので、緑に包まれた人型や動物型の魔物は、どうぞ倒してくださいと言わんばかりに目立っている。

スライムダンジョンのボス戦では、遠距離魔法だけで倒したことに不満のある従魔もいた。そのため今回は、相手が遠距離攻撃を持たない場合は、可能な限り近接攻撃縛りで倒そうという話になっていた。

そんなわけで話し合いの結果、地下一階は前衛をニュトン五匹が交代しながら進むことになった。

順番は、ニュトンたち、テリア、ドングリとアケビ、レモンとフローラル、僕、スライムたち、殿《しんがり》にボロニーズとレッキスだ。

様々な魔物たちが列を作る光景は、冒険者には異様に映るかもしれない。お祭りとかで魔物たちと一緒に大通りを行進したら、子供たちには喜ばれる気もするけど……

昨日の大サソリ狩りの成果が出ているようで、スライムたちもほんの少し強くなっている。彼らはニュトンたちと連携を取りながら、グリーンマンを倒していった。

僕はノートを広げ、地図を描きながら彼らの後をトコトコついていくだけだ。

グリーンマンは植物系の魔物のため、フローラルとレモンが倒すことに何か思うところがあるかと思ったのだが、そんなこともないらしい。二匹はニュトンたちが仕留めたグリーンマンを、平気な顔で次々と解体し、魔石を取り出している。

通路を進むと分かれ道があった。左はすぐに行き止まりで、右側に十メートルも進むと、地下二階へ下りる階段が見つかった。

おそらくこのダンジョンは、僕たちが初攻略者だ。その分、宝箱への期待度も高かったのだけど——残念ながら地下一階には一つも宝箱はなかった。

宝箱が少なかったとしても、初めてのものなら石以外のアイテムが出るだろうし、そう考えただけでウキウキが止まらない。宝箱はロマンなのだ。

僕たちから見て奥の方に細い通路が見えた。あそこから次の部屋に進めるはずだ。

初級ダンジョン相当だろうし、生えている木が全て高位の植物系魔物〝エント〟ということはないよなと思いながらも、周囲に気を付けながらゆっくりと階段を下りる。

しかし、のんびりしすぎたせいか、四匹の犬型のグリーンマンが階段を駆け上ってきた。

これを見たドングリとアケビはテンポよく階段を駆け下り、グリーンマンたちに襲いかかる。

二匹が犬型グリーンマンを片付けるのを確認してから、僕たちは急いで階段を下りていく。ここは足元が悪くて、戦いにくいからね。

下に向かう階段は予想以上に長く、地下二階が非常に高さのある空間であることが窺える。

ようやく辿り着いたけど、ダンジョンとは思えない森っぽさがあるよ……壁や天井や床には、苔《こけ》に似た植物がびっしりと自生しており、ここはさながら緑の洞窟《どうくつ》だ。しかも、ダンジョンの中に高さ十メートルほどの木まで生えている。

地下二階は部屋の中に森が詰め込まれていて、ダンジョンの中に独自の生態系が息づいているらしく、凄く興味深い。

僕が周りの植物に目を奪われていると、従魔のみんながそこら中にいた様々な形のグリーンマンと戦闘をはじめた。

「あるじ、まず、せんとう」

（主様、ボロニーズの言う通りです。後で時間をあげますから、今は戦いに集中してください）

ボロニーズとレモンに諭《さと》されて、我に返った。

「……ごめんね、珍しい植物につい興奮しちゃって。フローラル、ここでは植物を傷めたくないので『ファイアーアロー』使用禁止で」

木の上や草陰から急に魔物が襲ってくるため、僕たちの動きも慎重になる。

ダンジョンの魔物は狩り尽くせば当分湧くことはないので、先に全ての魔物を狩り、それから地下二階の部屋をゆっくり調べようという話になった。

一部屋目の魔物を片付けて、部屋の奥の通路を覗いてみる。その先にもまた同じくらいの広さの壁全体が緑で覆われた森のような部屋があった。

二つ目の部屋に足を踏み入れると、早速グリーンマンたちが襲ってくる。ちなみに地下二階の前衛はテリアとボロニーズが担当している。

従魔のみんなが張りきっていることもあり、僕は引き続き、みんなの後ろから部屋の状況を観察していた。

二部屋目には、最初の部屋にはなかった植物がいくつか生えていた。その中に、明らかに怪しいものがある。

高さ一メートルほどで、大きな丸い実のついた不思議な植物。

そこにグリーンマンがぶつかった瞬間、実が落ちて、中から先の尖《とが》った種が一斉に飛び出した。

ボロニーズが大きなホプロンで防いでくれたからいいものの、僕もブーツの上から足に一発くらった。かなり痛い……

万が一部屋の真ん中でこれが起きていたら、僕たちは、結構痛い目にあっていたかもしれない。

部屋に入って早々に気が付けたのは運が良い。

いったん最初の部屋に通じる通路に逃げ込み、弾け飛ぶ種が収まるのを待つことにした。

自分に命中したものを拾って『鑑定』の魔法を使う。

【タイホウウリの種】
種族：タイホウウリ
性質：実が落ちると一斉に種を飛び出させる。実に毒があり、食べるとお腹を壊す。

改めてみんなを見ると、大きな被害はなかったものの、何匹かが種の直撃を受けてしまったようだ。

ショルダーバッグからコノザンナの葉を煮出して作った回復薬の瓶を取り出し、怪我をした仲間に配る。

その間に、タイホウウリの種が飛ぶ音が止《や》んだため、僕は静かに中の様子を窺う。

よく見ると、まだまだ至るところに大きな実がなったタイホウウリが自生していた。

一部屋目に比べて二部屋目は木の他にも背の高い草が多く、グリーンマンの視認がさらに困難だ。

植物系の魔物は獣系の魔物と違い、それほど匂いがしないため気配を探るのが難しい。

おそらくタイホウウリの種が直撃したのだろう。手が千切れた人型のグリーンマンが、部屋の中を徘徊していた。彼らに痛覚はないんだろうか。

フローラルとレモンにお願いして、最初の部屋から拳大《こぶしだい》の石を拾ってきてもらう。

それらを『ストーンショット』の魔法で、タイホウウリが密集しているところを狙って投げさせた。

石が当たって二つのタイホウウリの実が落ち、種が飛び出す。その種がまた別のタイホウウリの実を落として種が弾け飛び……一連の流れが連鎖していく。

僕たちは、いったん一部屋目に戻り、壁の陰に身を潜《ひそ》め部屋の中が静かになるのを待った。

不規則に飛び散る種と、種から逃げるように動き出すグリーンマンたち。そのグリーンマンが別のタイホウウリにぶつかり、実が落ちてまた種が飛び出す。僕たちが何もしなくても、部屋の中の被害はどんどん増えていく。

しばらくして静まったのを確認してから部屋の中に入ると、タイホウウリの実のほとんどが落ち、グリーンマンの死体が至るところに転がっていた。

念のため、実が落ちていないタイホウウリには、フローラルとレモンが遠くから、『ストーンショット』で石を当てて処理していく。

全てのタイホウウリの実が落ちたのと、グリーンマンの全滅を確認してから、二部屋目の探索を開始した。

地下三階への階段は部屋の奥にあり、すぐに見つかった。

僕は、ダンジョン特有の植物にも興味があったので、時間をかけてじっくりと部屋の中を探索する。

残念なことに、タイホウウリの種の無差別砲撃のせいで大半の植物はボロボロになっていた。まあ、僕らがやったことだけど……

部屋の探索中、僕たちを驚かせることが起きた。

急に部屋が暗くなったのだ。

植物の多くは明かりだけじゃ花や実がならず、暗くなる夜の時間も重要だと聞く。このダンジョンには昼と夜があり、植物系魔物に適した環境になっているのだろう。

僕たちは、夜行性の魔物がいる可能性も考え、早々に従魔の住処に避難することにした。

ちなみに地下二階では、珍しいものではないが、アリツィオ大樹海の浅瀬に自生するいくつかの薬草を採取できた。

それに、宝箱を二つ見つけ、中からそれぞれ違う種類の種を発見した。

このダンジョンの宝箱はまだ誰も開けてないはず。そう考えるとどんな凄い種なのか、とても興味がある。

僕はすぐに『鑑定』したい気持ちを抑え、先に夕食の準備をする。

前回のスライムダンジョンに比べると、まったく情報がない状態でのダンジョン探索のせいか、もの凄く疲れた。

夕食を済ませ、早速一つ目の種に『鑑定』を使った。その結果を見て、僕は思わずガッツポーズする。

【月《つき》の袋花《ふくろばな》の種】
種族：月の袋花
性質：幻《まぼろし》級の植物の種で、袋状の花の中にたまる蜜《みつ》には回復効果がある。

この種はかなり嬉しい。

月の袋花は草丈五十センチ前後の灌木《かんぼく》だ。

稀に小さな壺《つぼ》みたいな黄色い袋状の花を咲かせ、その袋の中にたまる蜜は中級ポーション並みの回復効果がある。

中級ポーションといえば、ある程度の大怪我を治す効果を持ち、作れる錬金術師が少ないため値段が高い。そんな、高ランクの冒険者しか持つことが叶わない逸品だ。

やはり誰も開けていない宝箱には、凄くレアなものが入っている。

花の妖精であるフローラルとレモンはこの植物の稀少性を知っているようで、その場で固まってしまっている。

ただ、月の袋花は人の手による栽培が不可能と言われている。今まで栽培に成功したという話は聞いたことがない。

従魔の住処の土はスペシャルなものだけど、幻級だと上手くいかない可能性も高いので、もし成功したらラッキーくらいの気持ちでいよう。

もうかなり期待しちゃってるけど、ここは冷静に、だ。

続いてもう一つの種に『鑑定』を使う。

【アルラウネの種】
種族：アルラウネ
性質：Bランク植物系魔物の種。

これは当たりなのだろうか？

Bランクの魔物といえば、Aランクの冒険者並みの強さを持つと言われる。僕なんかは目が合う前に逃げなきゃダメなやつだ。

僕じゃおそらく従魔にするのは絶対無理……でも、種から育てれば大丈夫かな？

〝種を蒔《ま》く↓生まれる↓僕が君の親だ〟の流れだ。鳥でいうところの、生まれた直後に目の前にいるものを親だと覚え込んでしまうという〝刷り込み〟を利用しよう。

成体まで育ったら僕たちみんなでかかっても勝てないかもしれないが、もし、芽が出た時点で従魔契約を提案して、断られたらそこで倒しちゃえばいいかな……

情が湧いて無理か……うーん……

まあ、いいや！　〝迷ったら植えちゃえ〟って昔偉い人が言っていたような気もするし。

悩んだ末、僕は、アルラウネの種も植えることにした。

もちろん一度育てたものを放り出せば他の人に迷惑がかかるから、従魔にできなかった場合は、自分できちんと責任を取って処分するつもりだ。


その後は、僕も従魔たちも、それぞれくつろぎながら好きなことをはじめた。

そうそう、今回ノートやペン以外に多めに買い込んだのが、魔道具のランタンだ。リンゴの木に吊るしてあるものをはじめ、至るところにランタンが置いてある。

〝魔石を一個入れておけば、一月近く使えるし……〟と多めに買ったのだが、こんなにいらなかったんじゃないだろうか。

従魔の住処は朝になれば明るくなるし、夜になれば暗くなる。

雨が降ったり風が吹いたりすることはないけど、僕たち人間にとって日の出ていない時間は、何気に長いのだ。

はじめのうちはフローラルとレモンが、植物にとって自然に逆らって生きることは良くないと、従魔の住処での明かりの使用に反対していた。だが今では慣れて、暗くなると自らランタンのスイッチを入れてくれるようになった。

従魔の住処の畑や花壇は、妖精の泉《フェアリーウェル》の湧水が染み出すのか、水をやらなくても問題なく育つ。

しかし、フローラルとレモンは〝葉にも水をかけてほしい〟とテリアとボロニーズに手伝わせ、水やりもするようになった。

そのためにニュトンたちに金属製のジョウロを作ってもらったほどだ。

今朝は水やりができなかったと、今もみんなで水をかけている。

寝るまでの時間をそれぞれのんびり過ごしていると、いきなりグリーンさんとレッドさん、ブルーさんが淡い光に包まれ、苦しそうに悶《もだ》えはじめる。

もう何度か経験しているが、三匹の進化が近いみたいだ。

スライムは進化の際に特殊能力を得るか大きくなるかを選べるけど、三匹のスライムたちは共に大きくなることを選んだらしい。

もぞもぞしながら、パンの発酵の過程のように少しずつ少しずつ膨らんでいく。

そして、最終的に直径六十センチほどのミカン型のプニプニが三匹できあがった。種族名にはそれぞれビッグが付いている。〝ビッグブルースライム〟といった具合だ。

ビッグか……

スライムダンジョンのボス部屋にいたジャイアントスライムになるには、あと何回の進化が必要なんだろう。

でも、あの大きさになっちゃうとダンジョンの階段も通路も通れなくなる可能性もあるか……体の形状を変えられるから大丈夫なのかな？

そんな心配はさておき、三匹のスライムたちは今回、畑仕事を考えて大きくなったようだ。早速、身振り手振りでニュトンたちに大きめのスコップを作ってもらっている。

ニュトンたちは〝えっ、武器じゃなくスコップなのか……〟的な微妙な顔をしているけど、僕の従魔なので土いじりが好きなのは許してほしい。

一匹だけ進化しなかったホワイトさんが少し寂しそうだったので、きっとすぐに進化できるよと、プニプニと癒さ……慰めた。

こうして、僕たちは仲間たちの進化を喜び、その後は明日に備えて眠ることにした。

✽

次の日、朝目覚めると、昨日植えた種から芽が出ているのかが気になり、一番に確認する。

残念ながら、月の袋花もアルラウネもまだ芽は出していないようだ。

分担して畑仕事を終わらせてから、朝食を済ませる。デザートにはリンゴを収穫してみんなで食べた。

「うちのリンゴは、やっぱり美味しいな」

瑞々しく甘酸っぱいリンゴの味に、思わず言葉が漏れた。

昨日、三匹の従魔が一気に進化を果たし、宝箱から初めてまともなものが出たこともあり、今日の朝はとても気分が良い。

従魔の住処から出て、今日も昨日と同じ並びで階段を下り、ダンジョンの地下三階を目指す。

本当はもう少し地下二階の部屋で植物観察をしたかったのだが、みんなに急《せ》かされてしまった。

地下三階は絶対に満喫してやる。

下りたところは地下二階同様、壁や天井を様々な苔が覆い隠し、背の高い木が何本も生えていた。

僕たちは昨日みたいに魔物に襲われないよう警戒しつつ、急いで階段を駆け下りる。

地下三階は、幅二十メートル前後で奥行きは二百メートル近くまである部屋だった。

この階には、色鮮やかな花も多く、熱帯地方に自生する植物が多いかな。実際、地下二階に比べると気温も少し高いし。

広々とした空間に本能を刺激されたのか、ドングリとアケビが駆け出したそうに僕を見てくる。

僕は〝後にしようね〟という気持ちを込め、二匹の背中を優しく撫でてあげた。

下りてすぐ、蜘蛛型とカマキリ型のグリーンマンが襲ってきたが、ドングリとアケビ、最近頑張っているレッキスが飛びかかって倒していく。

この階層には、タイホウウリは自生していないようだけど、新しい魔物の姿が見えた。

そいつは根をタコの足みたいに動かして地面を歩いている。

観葉植物のモンステラのような、深い切れ込みが入った大きな葉を五から六枚つけ、二本の長い蔓を腕のごとく動かしていた。

僕は、冒険者ギルドの図書室の本棚にあった魔物図鑑の内容を思い出す。

たぶん〝ムチカズラ〟だよね……

あの二本の蔓は剣では斬りにくいんだっけ。

それ以外の短い蔓は気根《きこん》なので気にしなくてもよかったはずだけど、この階層は主に鈍器を使って戦った方がいいかもしれない。

「みんな、ムチカズラの長い蔓には気を付けて。奥には何があるかわからないから、まずはこの部屋の半分を制圧しよう」

僕の言葉にフローラルが一番に返事をする。

（主様、私とレモンは魔法でムチカズラを優先して攻撃します）

「うん、お願いしようかな。フローラルとレモンがムチカズラを攻撃するから、他のみんなはグリーンマンを中心に撃破よろしく」

「「ガウ」」

「クー」

「あるじ、まかせろー」

「らじゃー」

ドングリとアケビとレッキス、テリアとボロニーズが次々に応え、それぞれ動き出した。ニュートンたちとスライムたちは、彼らの中でマイブームのサムズアップポーズだ。

僕もこの階層の植物観察を後回しにして、玉ねぎ型メイスを手にみんなに続く。

僕だって冒険者として成長しているのだから、ちゃんと戦わなくては。従魔に呆れられたくないって理由では、断じてない。

フローラルとレモンの『マジックミサイル』はとにかく弾数が多く、一度に十発の魔法の矢がムチカズラの体を撃ち抜いていく。

鞭《むち》のように動くムチカズラの二本の蔓は射程が長く、近接攻撃用の武器との相性は悪い。そのためムチカズラはフローラルとレモンに任せた。

グリーンマンについては昨日戦った経験もあるので、サクサク狩っていく。

スライムたちと違って、グリーンマンは倒しても倒しても怯える様子がなく、僕たちを見つけると当然のように襲ってきた。

木の上から襲いかかってきたグリーンマンもいたのだが、フローラルとレモンに見つかり、魔法の矢で撃ち落とされていく。

あの気配の薄い魔物に先制攻撃できるあたり、さすが植物の妖精といったところか。

部屋の半分まで来て奥を見ると、奥の魔物たちも僕たちの方に向かってくる姿が見えたため、そのまま止まらずに戦闘を続ける。

おかげで、奥の壁まで十メートルを切る頃には、ほぼ動く魔物の姿は見当たらなくなった。

しかしその時、明らかに不自然に動く怪しい茂みがあるのが目に入る。

レモンも気付いたらしい。

（主様、あの茂み……）

「……うん、ダンジョンの中だから風は吹いていないはずなんだけどね。揺れてるよね、あそこ」

（はい、不自然なくらい揺れています）

「そういえばここは違うけど、風が吹くダンジョンってあったりするのかな……？」

僕がそう口にすると、ボロニーズとフローラルが声をかけてくる。

「あるじ。さき、あれ、あれ」

（主様は最近注意が散漫ですぞ）

「ボロニーズ、フローラル、ごめん……レモンはあの茂みに『サンドストーム』を、フローラルは砂嵐が収まったら『マジックアロー』を叩き込んでみて」

（わかりました）

早速レモンが『サンドストーム』を唱えると、怪しい茂みを砂嵐が包み込んだ。

茂みの中から、いくつもの巨大なギザギザの牙がついた葉が苦しそうに飛び出す。食人植物と呼ばれる〝タイガーティース〟だ。

食虫植物で有名なハエトリソウの中に、シャークティースと呼ばれる種類がある。それをそのまま数百倍に巨大化させたような外見をした魔物が、タイガーティースである。

ハエトリソウは、口のように開く葉の上に虫が乗ると、それを感覚毛で感じて葉を閉じ、虫を捕らえる。

しかし、目の前のタイガーティースは、明らかに自分の意思で巨大な牙の付いた葉を開閉していた。

初めて見る魔物ではあるものの――グリーンマンやムチカズラのように自由に動き回ることはできないことはわかった。

そこで、フローラルとレモンに遠距離から魔法でドンドン攻撃してもらう。

こういう平易さが、初級ダンジョンなんだろうなー……中にはグリーンマンたちの攻撃に焦って、あの茂みに突っ込んで齧られちゃう冒険者もいるだろうけど。

ぐったりとしてタイガーティースが動かなくなるが、死んだふりをしている可能性もあるため攻撃を続けた。

完全に動かなくなったのを確認してから近づき、さらに剣を突き刺す。

それから体を切り裂いて魔石を抜き取った。

昨日と同じように魔物を狩り尽くすと、薬草を採取しながら探索に移る。

この階層には宝箱が二つあったのだけど、その中身に、今日は僕ではなくフローラルとレモンが興奮した。

入っていたのは中級魔法のスクロールで、中級範囲攻撃魔法『ファイアーストーム』と『ストーンシャワー』だ。

二つとも『サンドストーム』同様、レベルの上昇と共に効果範囲と効果時間が増える魔法である。

『ストーンシャワー』は『ストーンショット』のように石を用意する必要はなく、魔法により石ころを召喚する。

初級ダンジョンで中級魔法のスクロールが出るとは、初開封の宝箱だけのことはある。

周囲が植物ばかりで危険なので『ファイアーストーム』は試せなかったものの、レモンが『ストーンシャワー』を使ってみた。

目の前の直径三メートルほどの範囲に、十秒前後石の雨が降り注ぐ光景は、なかなか迫力があった。

さて、スクロールも確認したし、地下三階の魔物も全て倒した。これで心置きなく植物観察ができるよ。

「今日は、ここまでかな？」

みんなに、暗くなるまで自由時間にしようと告げると、ドングリとアケビとレッキスは、広い森を喜んで駆け回る。

さあ、僕はのんびり植物を観察するかと、ダンジョンの森の中を歩きはじめると、ニュトンたちが僕の前にやって来た。

ダンジョンの木を指さしながら身振り手振り。どうやらこの階層に生えている木が欲しいらしい。

彼らが木にこんなに執着するとは、何かあるのかな。

『鑑定』を使うと、この木は〝迷宮胡桃《めいきゅうくるみ》〟という品種だった。

胡桃の木といえば、家具などにも使われる人気のある木材だ。ニュトンたちに椅子やテーブルも作れるか聞いたところ、問題ないと即答したので、テリアやボロニーズにお手伝いをお願いして、斧で迷宮胡桃を伐採した。

ちなみに僕は鉈《なた》を使い、余計な枝を切る係だった。

これだけ立派な木も、ボスを倒せば三ヵ月後には元に戻るのかな……非常に興味深いところだ。

ニュトンたちが、ムチカズラの死体から蔓を採りたいと言いはじめたので、鉈を使ってみんなで採取していく。

いったい彼らは何を作る気なのだろう？

それを聞くのは無粋《ぶすい》な気がしたので、完成するのを楽しみにしておこう。

個人的には、従魔の住処が片付くような家具なんかだと嬉しいな。

こうして、ダンジョンでの二日目は終わった。

✽

翌朝、従魔の住処が明るくなりはじめる頃、ドングリとアケビの遠吠えで、僕たちは目を覚ました。

「おはよぉ、みんな」

僕はドングリに引っ張られながら眠い目をこすりこすり、ベッドを出る。それから妖精の泉《フェアリーウェル》の冷たい湧水で顔を洗い、歯を磨いた。

「今、朝食を作るから待っててね。フローラル、窯に火をお願い」

冷凍庫を覗き、牙ウサギの肉を取り出す。毎日牙ウサギの肉ばかりなので、正直、他の肉を食べたい気分だ。

このダンジョンを攻略したら、食べられる魔物を探しに行くのもいいかもしれない。

凍ってる肉を、窯の近くに置いて解凍しておく。

ちなみに、朝食作りをする僕とスライムたち以外は畑仕事だ。スライムたちはとても器用で、彼らが従魔になってから、ご飯の準備が凄く楽になった。

グリーンさんとブルーさんは朝食用の野菜の収穫。レッドさんとホワイトさんは、昨日ダンジョンで見つけた生で食べられる草を洗い、包丁で食べやすい大きさに切ってくれている。

最近植えたトマトを持ってきたグリーンさんとブルーさんの四匹で、サラダ作りをはじめた。

僕は、メルフィル雑貨店で買った植物の実から搾った油に、酢と塩コショウを合わせてドレッシングを作る。

四匹が作ったサラダに完成したドレッシングをかけて、テーブルに並べた。

続いて、湯煎《ゆせん》して皮を剥いたトマトに玉ねぎとニンニク、僕の苦手なセロリを細かく刻んで潰す。それらをザルで濾《こ》して種を取り、砂糖と塩を加えて鍋でコトコト。ドロドロになったら酢とコショウで味を調えると――ケチャップという絶品ソースができるのだ。

最近お気に入りの料理が、ジャガイモを細く切り小麦粉と塩コショウで和《あ》え、フライパンでしっかり固め焼きしたガレットに、このケチャップをかけたものだ。

ブルーさんが、皮を剥いた追加のジャガイモを桶《おけ》に入れて持ってきたので、早速ガレットを作っていく。

魔物になったためか、ドングリとアケビも、味付けしたものを好むようになったんだよね。動物は香辛料とかダメなはずなんだけど、魔物には関係ないようでガンガン食べている。

最後に牙ウサギの肉は、固い筋が切れるよう叩いてから、塩コショウ多めでステーキにする。お腹を壊すのは嫌なので、しっかり焼いたよ。

フローラルとレモンは食べないとはいえ、この数の従魔と僕の食事を作るのは一苦労だ。

まあ、後片付けはみんなでやるから、そんなに大変でもないいんだけどね。

食事を済ませて片付けまで終えると、みんなで地下四階へと向かった。このダンジョンの最下層は地下四階。ついにボス部屋だ。

階段を下りきると、スライムダンジョンのボス部屋と同じ、両開きの大きな石の扉があった。

フローラルが全員に、『妖精の息吹』を吹きかけていく。

「あるじ、おいらとぼろにーず、いちばんまえー」

「おまかせ、おまかせ、あるじ」

「うん、任せるよ」

テリアとボロニーズが扉の前に立つと、両開きの石の扉が音を立て内側へと開く。

扉の奥には、五十メートル四方の部屋があり、他の階層同様明るい。部屋の中には、草が生い茂っていた。他の階層と違うのは、壁や天井に植物がないだけでなく、動きを邪魔するような木や背の高い草もないことだろう。

そして部屋の中央には、真っ白い花を多数つけた魔物が動いていた。

僕は、目の前の植物系の魔物を見て顔をしかめる。

ボス部屋の魔物といっても初級ダンジョンの魔物だ。それほど強いものは出ないだろうと高を括《くく》っていたのだが――

図鑑で見て、その魔物のことは知っていた。

ノイバラと呼ばれる植物に似た白い花をたくさん咲かせた魔物――デーモンソーンだ。

斬っても再生を繰り返すイバラのついた蔓を振り回し、その攻撃範囲は半径三十メートル以上と言われている。部屋の中央に立つ魔物にとってこの部屋のほとんどが攻撃範囲になるだろう。

図鑑には〝蔓の届かない距離からの遠距離攻撃が攻略のカギ〟と書いてあったのだが、この部屋の広さではそれも無理だ。

全員が部屋の中に踏み込むと、石の扉が僕たちを逃がさないとばかりに音を立てて閉まった。

その瞬間――白い花の中から、眼球のくり抜かれた血の気のない白い女性の頭部が出現する。口は裂け、眼球のない目元からは黒い液体が流れている。

そして彼女は高音の奇声を上げた。戦いの合図だ。

この声は精神に影響を与えるらしい。

案の定、僕たちの動きは一瞬遅れてしまった。それを狙うようにイバラの蔓が複数襲いかかってきた。

しかし、スライムたちは声の影響を受けなかったみたいだ。

進化により大きくなった三匹――グリーンさん、ブルーさん、レッドさんは前に出て、盾と自分の体を使い、その攻撃を防ぐ。

盾も使えるとは……うちのスライムたちは優秀すぎる。

それでも全ての蔓を防ぎきれるわけではない。体に当たってしまったのか、スライムたちは少しぐったりしてしまった。

奇声の効果が切れてやっと動けるようになった僕たちは、スライムたちの前に出て、飛んでくるイバラの蔓を次々と切り落としていく。

図鑑に書いてあった通り、蔓はすぐに再生するようだ。

まだ、進化していないホワイトさんは、身に付けたポーチに大量のコノザンナの回復薬を詰め込んでいて、攻撃を受けたスライムたちを回復させる。

「あるじ。あれ、つっこむ？」

テリアが僕に聞いてくる。

「うーん……テリアとボロニーズ、ニュトンたちは僕と一緒に蔓をとにかく防ごう。ホワイトさん以外のスライムたちも、回復したら一緒にお願い。フローラルとレモンはデーモンソーンの本体に魔法攻撃を、残りは待機で万が一に備えてくれ」

フローラルが『マジックミサイル』で魔法の矢を放つと、続けてレモンが『アイスバレット』で氷の弾丸を放つ。

デーモンソーンは蔓でそれを防ごうとするが、それも限界があるようだ。

苦しそうな叫び声を上げるデーモンソーン。

この叫び声にも精神干渉があるみたいだ。そのたびに僕は頭を押さえる。

僕たちの動きは遅れ、スライムたちがそれをカバーしようとするも、全ては防ぎきれずイバラの刺《とげ》で従魔の何匹かが攻撃を受け、血が流れた。

魔法を行使し続けるフローラルも息が上がってきたようだ。

（主様、私とレモンの魔力にも限界がありますぞ）

「うん……あの蔓は痛いけど、これはどこかで突っ込まなきゃいけないね」

（早速新魔法の出番ですよ！『ストーンシャワー』を使います。十秒間は防御のため、蔓は引っ込むかと）

レモンが勢い込んで言う。僕もそれに頷いた。

「十秒あれば、本体に辿り着けるな……ドングリ、アケビ、イバラを噛むと口の中が傷だらけになって数日は温かいご飯が食べられなくなるから、ほどほどにね」

（いきます！）

レモンは覚えたての『ストーンシャワー』を唱え、デーモンソーンの本体に石つぶての雨を降らせる。

デーモンソーンは、すぐに全ての蔓を戻し、石の雨を防ごうと自分の体を包み込んだ。

僕たちは一気に距離を詰め、石の雨がやむのと同時に、一斉に斬りかかった。

デーモンソーンも全身の蔓を使い、僕たちを引き剥がそうと暴れる。

ボロニーズは武器と盾を捨ててイバラで手を血だらけにしながら、蔓を掻き分けデーモンソーンの頭を引っ張り出す。

こういう時のコンビネーションは、兄弟ならではだろうか。両手でファルシオンを持ったテリアがやって来て、晒し出された眼球のない真っ白な女性の額に、強引に剣を突き刺した。

「ぎゃあああああああああぁぁぁぁぁーーーーー!」

まさしく断末魔《だんまつま》の叫び声だった。

間近でそれを聞いた僕の意識が、徐々に遠のいていく。

周囲の景色がぼやけていくと同時に、僕の頭の中にはなぜか、ここことは違う場所の映像が映し出されていた。

✽

「泣かないで」

僕は目の前の泣いている子供に声をかけていた。

周りを見渡すと、僕たちがいる部屋には窓はなく、部屋自体が動いているかのように大きく揺れている。

ドアには鍵がかかっているのか、押しても引いても開く気配はない。僕たちは窓のない部屋の中で外を見ることもできず、ただ揺らされ続けていた。

毎日決まった時間になると、食事を手に大人たちが入ってきた。彼らはどんなに子供たちが泣き叫ぼうとも、口を閉ざしている。

一人の少女が〝家に帰りたい〟と大人の足にしがみ付いた時も、彼らは一言も喋らず少女を力ずくで引き剥がし無言で威圧した。

そんな環境の中、どれほど感情が高ぶっている時でも、夕食後には不自然なくらい子供たちは静かになった。子供たちはまるで魔法にかけられたようにぐっすり眠るのだ。

おそらく食事の中に何かしら薬が入っていたのだろう。

薬が入っていると気づきながらも、僕はこの揺れる小屋の中でぐっすり眠ることができるならと、その食事を受け入れた。

僕が生まれたのは、痩せた土地にある貧しい小さな村だった。

土地が少ないその村では、親から子へ、少ない土地を引き継ぎ、人々は農業を柱に細々と暮らしていた。

しかし、生まれてくる子供は一人とは限らない。二人目以降の子供が生まれた家では、跡取りとなる子供を決め、それ以外の村にとって必要ない子供たちは、皆十歳の誕生日を迎える年に、村から追い出された。

僕が村を追われてから、何日経っただろうか。

窓がないし外も見えないから朝晩もわからず、食事に入っているだろう薬のせいで、何時間眠ったのかも判然としない状況だ。それでも、自分が揺られているのは馬車で、どこかに連れていかれようとしているのはわかる。

僕には目の前で涙を流す子供たちを慰めることしか、できなかった。

揺れる小屋から目隠しをされて連れ出されたのは、窓が塞がれた大きな家だった。

そこには、大きな部屋といくつかの小さな部屋があり、中庭には井戸もあったため久々に体を拭けた。

大きな部屋にはたくさんの二段ベッドが並んでいる。そこでようやく、僕は村で別れたきりだった仲間たちと再会した。

「ルフト、おはようー。元気だった？　違う馬車だったから心配したわ」

「……おはよう。一応元気かな。ただここに来るまでは泣いてる子も多かったよ」

「それはねー……みんな、親や家族から引き離されちゃったわけだし、仕方ないよー。うーん、捨てられた、って言った方が正しいのかな」

こんな状況なのに、少女は明るく僕に笑いかけた。

「元気だなー。僕なんてこれからのことを考えると憂鬱《ゆううつ》だよ。なにせ僕のクラスは役立たずのテイマーだからね」

「ルフトなら大丈夫だよ、君は自分で思うよりずっと力があるんだから」

あれ、なんでだ……彼女の名前が思い出せない。

僕は彼女をなんて呼んでいたんだろう。

僕にとって、彼女は大切な人だったはずなのに。僕の瞳に映る彼女の顔は、真っ黒に塗りつぶされていた。


それから一週間は過ぎただろうか？

その間も僕たちは、外を見ることは絶対に許されなかった。食事は朝晩二回きちんと出され、村にいた時よりおかずは豪華でパンも柔らかい。毎日お腹いっぱい食べることができた。

この家の中に居さえすれば、子供たちは自由だった。

だからなのだろう、ここに来た村の子供たちはこれから売りに出されると聞いた時にも、驚くことなくすんなりと受け入れた。

優秀な子供たちは次々と買い手がつき、その家を出ていった。

五日目になると、僕以外の子供みんなに買い手がついたらしく、家には僕以外誰もいなくなってしまった。

一番仲が良かった少女はとても優秀で、この部屋に来た初日に買い手がついた。

確か彼女のクラスはメイジだったと思う。魔法使いとして大成することが多いメイジなら当然かもしれない。

「ルフト君、行きたい町は決まったかい？　このリレイアスト王国という国は奴隷を認めていない。だから貰い手がつかなかった子供は、自分で生きる術《すべ》を見つけなければならないんだよ。残酷だとは思うけど、これが決まりなんだ。夕食までに行きたい町を決めてほしい。明日には出発しなくてはいけないからね」

様子を見に来た兵士の男は、申し訳なさそうに僕にそう告げ、僕は無言でそれに頷いた。

この家に来てからの食事には、睡眠薬の他に記憶消去の薬も入れられているらしい。毎日毎日、僕は大切な何かを失っていくのを感じていた。

それは村に関する記憶全てだ。家族や友人、知人、村での思い出全て。

捨てられた子供たちが村への復讐なんて考えないようにするためらしい。

ここに来るまでに、一切外を見ることができなかったのだから、村の場所もわからないし、何より村に関する記憶がなくなるんだから、復讐を考えるだけ無駄に思える。

僕は名前すら忘れてしまったが、早々にこの部屋を出て薬もあまり飲まずに済んだ幼馴染の彼女は、僕のことを忘れずにいるだろう。

その証拠に、部屋を出る彼女は僕に〝ルフト、絶対また会おうね〟と言ってくれた……と思う。

でも、もう僕は彼女の顔も思い出せない。もう一度会いたいけど……この気持ちだって、そのうち消えてしまうかもしれないんだ。

それでも生きなければ……死んでしまっては、別れた幼馴染との再会も叶わないのだから。

僕は兵士から、リレイアスト王国の町や村の簡単な説明が書き込まれた一枚の地図を貰った。

その地図を見て夕食までに行き先を決めなくてはならない。

僕には一週間ほど暮らせるお金と、その町で自分が就《つ》きたい仕事に合わせた、最低限の道具と衣服が与えられるそうだ。

その先は、死ぬも生きるも自分次第。

最後の夕食は広い部屋で、迎えに来た二人の兵士と一緒に三人で食べた。

目の前の二人はリレイアスト王国の兵士で、僕が望む町まで届けてくれるのだという。名前は規則だからと教えてもらえなかった。それでも、今まで僕らに食事を運んできた無口な大人たちとは違い、彼らは優しかった。

兵士の一人が話しかけてくる。

「ルフト君、どうだい？　行きたい町とやりたいことは決まったかい」

「はい、僕は冒険者になるために、カスターニャの町に行きたいと思います」

「冒険者か……テイマーの君ではきついんじゃないかな？」

テイマーが冒険者を目指すのはとても稀なことで、二人はそれを心配してくれているんだろう。

「買い手がいなかった時点で、僕の未来なんて真っ暗です。それなら唯一残った子供の頃からの記憶……冒険者への憧れを追いかけたいと思うんです」

二人とも優しい兵士なんだろう、僕の話を聞きながら目に涙を浮かべていた。

いや、それは僕もか……知らないうちに涙が流れていたようで、兵士の一人がハンカチを取り出し僕の涙を拭ってくれた。

「君は明日の朝から五日間、馬車の中で過ごすことになる。君が選んだ町がここから遠くても近くても、五日間という日数は変わらない。今までのように記憶消去の薬は入っていないが、明日からまた睡眠薬入りの食事を食べてもらうよ。副作用については心配しないでくれ。それを抑える薬も最後にきちんと渡すから。それと、あまり良いものは渡せないが、欲しい武器や防具、道具があったら教えてほしい」

「それなら、使えるかわかりませんが、弓一式と大小二つのナイフ。盾はいらないので革鎧を一式、採取用の手袋とハサミがあれば助かります。後は、日持ちのする食料と野菜の種が少し欲しいです」

「野菜の種？　君に渡すお金ではカスターニャの町で畑を作る土地は買えないよ。まあ、君が欲しいと言うなら準備をしよう。それと、渡せるのは到着した後だ。渡したナイフを使って自害されても困るからね」

買い手が見つからなかった子供が、自ら命を絶つことはよくあることらしい。

こうして、カスターニャの町に着くまでの五日間、僕はまた窓を塞いだ馬車で過ごした。

最初の揺れる部屋の日々と違うのは、二人の兵士が交代で側にいてくれたので、会話があったことだ。

馬車の隅に置かれた鍵付きの大きな箱には、おそらく僕がお願いした装備や道具が入れられているのだろう。

食事に混ぜられた睡眠薬の効果もあって、カスターニャの町へ到着するまで、僕は不安で眠れないということもなく、食事もしっかり食べることができた。

到着すると箱の鍵をもらい、装備や道具類を取り出す。

どれも中古ではあるけれど、服や下着も複数枚入っていた。

すぐ使わないものは、一緒に大きなリュックが入っていたので、それに詰め込んでいく。

準備が終わって外に出ると、かろうじて残る記憶の村とは異なる、この町の大きさと人の多さに、僕はとても驚いた。

そして、自然と涙が溢れた。

その涙は町に対する感動などではない。

もう記憶にはない家族から捨てられた悔しさと、これからどうやって生きていくかという不安の涙だったように思う。

僕をこの町に連れてきてくれた二人の兵士はとても親切で、冒険者ギルドに行く僕に付き添った。

そして、冒険者ギルドの職員たちに真剣な顔で〝この子の力になってほしい〟と僕のために頭を下げてくれた。

身寄りのない僕にとって、一から自分のことを話さずに済んだのは、本当にありがたい。

最後に二人の兵士を見送ろうと冒険者ギルドの外に出た時、彼らは僕をぎゅっと抱きしめて涙を流した。

「ごめんな、何もしてあげられなくて……なぜ生まれる場所が違うだけで君みたいな子供が、こんな目に遭わなきゃいけないんだ……ごめんな」

こんなふうに思ってくれる人がいるだけで、僕はきっと幸せだったのだろう。

✽

(——様、主様……!)


僕が目を開けると、心配そうな表情を浮かべた従魔たちに囲まれていた。

ああ、デーモンソーンの叫び声にやられたんだっけか……

それにしてもさっきまで見ていた夢……いや、あれは夢なんかじゃない。

僕の記憶だ。

今となっては名前も思い出せない幼馴染の女の子。他にも仲の良かった子がいたような気がする。

薬による記憶消去か……

もしかして以前から僕が村について思い出そうとすると頭痛がするのは、その影響なのかもしれない。

とはいえ、今さらどうこうできる問題でもない。

それに冒険者にならなければ、従魔たちと出会って、未開の地の探索に出ることもなかったわけだし。

いやあ、それにしてもデーモンソーンの最後の叫び声は本当に凄かった。図鑑にあった〝遠距離で戦え〟というのは、これを踏まえての忠告なんだろう。

次は耳栓のようなものを準備するか……

周りを見ると、どうやら僕が最後に目を覚ましたみたいだ。

奇声の影響を受けなかったスライムたちが、コノザンナの回復薬の瓶を運んで、仲間たちの治療に当たっていた。

体の小さなホワイトさんが回復薬の入った瓶を持つと、瓶が大きく見える。僕は必死に働くみんなを見て、今しがた見た夢のことなど忘れて、ほのぼのとしてしまった。

（主様、みんなが心配してるのになぜ笑ってるんですか）

レモンが少し怒ったように言う。

知らないうちに、にやけてしまっていたみたいだ。でも、それほどみんなが僕を心配してくれた、ということでもあるんだよね。

「ごめんね、レモン。みんなもご苦労様。次に戦う時は耳栓を準備しなきゃだね。見た目が怖いから、あんまり会いたくない魔物だけど……」

僕の顔を見て、みんなは安心したように表情を緩めた。

次はもっと上手く戦おう。

デーモンソーンの魔石は、従魔たちが取り出してくれたようだ。

なぜ植物の魔物に、眼球がくり抜かれた人間の女性に似た頭がついていたのかは謎だが、あの頭が人間でいう心臓の役割をしているらしい。

正直あまり触りたくないので、自分で魔石の取り出しをせずに済んでホッとした。

部屋の奥を見ると、ボス部屋の魔物を倒したことにより、光の紋章が浮かび上がっていた。

その前には、みんなのお楽しみ、ボス部屋の宝箱も置いてある。

みんな、というか僕が楽しみにしてるんだけど……

今までのパターンなら、貴重な植物の種か魔法のスクロールか。なんにせよボス部屋の宝箱だ、期待しかない。

体が動くようになってから、僕は早速、宝箱に歩み寄る。

箱を開けてみると、中にはひまわりの種を大きくしたような形の、濃い紫色の綺麗な石が入っていた。

「これは、なんだろうね？」

宝箱からその石を取り出して見つめるも、それがなんなのかは想像がつかない。

宝石にしては透明じゃないし、でも……スギライトだったかな、確かそんな名前の鉱石がこんな色をしていたと思う。

見てもよくわからないので、諦めて『鑑定』を使う。

【神木龍《しんぼくりゅう》の種】
種族：神木龍
性質：木の根で歩き回る未知の植物の種。世界樹の子供が変異したものと思われる？

竜はこの世界で最も強い魔物の一つで、大きく四つの種類に分かれる。

一番有名なのが〝竜種〟で、一般的にドラゴンと呼ばれる魔物たちだ。

下位のレッサードラゴンでも災害レベルの魔物で、それを倒した者はドラゴンスレイヤーと呼ばれて英雄視されている。

次に有名なのが〝飛竜種《ひりゅうしゅ》〟という種族で、ワイバーンが有名だ。

ドラゴンに比べて知能が低いことから、別の大陸ではワイバーンを飼い慣らし馬のように駆る特別な騎士たちがいるらしい。神から〝ドラゴンライダー〟のクラスを与えられた者がそれになれるとかなんとか……

そして、最も古くから存在する竜で動物に近い生態であり、他の竜たちに比べて数も種類も多いのが〝恐竜種《きょうりゅうしゅ》〟だ。その大半がこのアリツィオ大樹海にいると言われており、僕たちにとって最も身近な竜でもある。

最後に、生態を含めて全てが謎の竜〝東龍種《とうりゅうしゅ》〟。東龍種に関しては、いると言われているものの、それに類する記録は一切ないらしい。

鑑定結果を見る限り〝東龍種〟に関係のある種だと思う。

「フローラル、レモン。これ、種みたいなんだけど〝神木龍〟ってわかるかな？」

僕の質問に、レモンが答える。

（神木龍は聞いたことがないですわ……ただ〝竜〟の字がつく植物はいくつかあると思います。竜《りゅう》眼《がん》、竜血樹《りゅうけつじゅ》、竜神木《りゅうじんぼく》……）

「ふーん……竜神木って神木龍と名前が似てるね。どんな植物なんだい？」

（砂漠と呼ばれる水がない砂の大地に育つ、サボテンという植物だったかと）

僕はその植物に興味をそそられて、さらに質問する。

「それは、食べられるの？」

（食べられたと思います。ステーキにできるものもあるとか……）

「ステーキはいいね。早速植えてみるか……」

すぐに行動に移そうとした僕を、レモンが呼び止めた。

（主様、どんな植物か想像がつかないので、鉢植えが良いかと思います）

「鉢植え、そっか。レモンは専門家だからね。そうしてみるよ」

念のためフローラルとレモンを残して、他のみんなを先に従魔の住処へ戻すと、僕たちはダンジョンの光の紋章に触れて入口へ瞬間移動した。

夜が近いのだろう、ダンジョンを包む明かりが少しずつ暗くなっている。

さすがに疲れた。

数時間、気を失って寝てたはずなのに眠いや……これだけ頑張ったんだし、二、三日は何もしないで、のんびりしてもいいよね。

僕は従魔の住処に入ると、早々にベッドに体を投げ出した。

＊

植物ダンジョンの戦いは、予想以上にみんなを消耗させてしまったようだ。

僕が目を覚ました時はもう昼近くで、まだ寝ている従魔たちもいる。

目覚まし役のドングリとアケビはすでに起きていたけど、今日は気を使ってみんなを寝かせておいてくれたのだろう。

（おはようございます、主様）

「おはよう、レモン。みんなもだいぶ疲れているみたいだね」

（寝ている者を起こしましょうか？）

僕は首を横に振った。

「いや、寝かせといてあげよう。今日は狩りにも行かないつもりだから」

レモンが頷いて同意を示した。すると今度はフローラルが声をかけてくる。

（あの、主様……ちょっといいでしょうか？）

「フローラル、どうしたんだい？」

僕がフローラルに呼ばれて花壇の方に歩いていくと――

それは現れた。

見たことがない草のような生き物が、二本の根を使って走り回っているのだ。ちなみに草丈は四十センチほど……なかなかの存在感を放っている。

フローラルは、これをどうしようか悩んで僕を呼んだのか……

さすがにその奇妙な姿には、僕だけでなく起きている従魔たちがみんなが、ポカンと口を開けて不思議そうにしていた。

その時だ――草は僕たちが見ているのに気が付いたのか、足元に擦り寄ってきた。

（お父様、あんまりです。生まれたばかりの娘をほったらかしなんて）

……『念話』だ。

フローラルやレモンと同じように、目の前の草の声が頭の中に直接響いてくる。念話ということは妖精なのか？

植えていた植物に妖精が宿ったのかな……

（お父様、無視しないでください。私、泣いちゃいますよ）

「あ、うん……ごめん。ところで君は誰？　新しい妖精さんかな？」

（ひどいです。あんなに優しく土をかぶせて、早く大きくなれと言葉をかけてくれたじゃないですか。それを妖精と間違えるなんて）

僕はその言葉で、目の前の奇妙な草の正体に思い至った。

「アルラウネ……なのかい？」

（はい！　植えていただいたアルラウネです。でもそれは種族名であって、お父様に貰った名前ではありませんわ）

僕は目の前の草を見つめて、数秒間固まってしまった。

さすが、高ランクの魔物というべきか。芽が出てすぐに走り出し、念話で会話するとはスペックが高すぎる。

それともやはり、従魔の住処の土が原因なのだろうか？

僕が固まっている間も〝お父様ったらそんなに見つめないでください。私をお嫁さんになんて……私が良くても世間は認めませんわ〟とアルラウネはクネクネと照れていた。葉っぱしかないけど、これはきっと照れてる。

「ごめんね、アルラウネがあまりにも奇みょ……可愛いから見とれちゃって。名前だよね」

魔物図鑑で見たアルラウネの成体の姿を思い出す。確か、バラのような花のフリフリスカートを穿《は》いた、少女っぽい見た目の魔物だったな……

「決めた。君の名前はローズだ。よろしくね、ローズ」

僕と幼生体《ようせいたい》アルラウネのローズは、光の鎖で繋がれて淡い光で包まれた。

従魔契約は無事成功だ。

思った以上にあっさりと契約できたな。

〝従魔にはならない〟と言われないか、不安でいっぱいだった先日の自分を思えば、これは歓迎できる結果だと思う。

アルラウネは草にしか見えないのに、幼生体の時点ですでにドングリやアケビと強さが変わらなかった。『鑑定』で調べたら魔物ランクEプラスって……恐るべしだな。

何はともあれ、一番心配だった従魔契約もできたことだし、ローズが成体になるのを楽しみに待とう。

まだ幼生体だからか、予想以上に甘えんぼうなローズに構いつつ、僕はそう思ったのだった。

ローズとの従魔契約で気を良くした僕は、鼻歌を歌いながら植木鉢に神木龍の種を植えていた。

〝お父様、私というものがいるのに浮気ですか〟とか〝他の植物に気を取られて、私を忘れちゃうんですね〟など、僕の頭の中にどんどんローズの念話が流れ込んでくる。そのたびに僕は、ローズのご機嫌取りに追われることになってしまった。

生まれたばかりで散々僕を困らせたローズだったけど――今は疲れたのか、元の花壇に戻って〝お父様、優しく土をかけてくださいね〟と一足先に眠りに就いてくれた。

ようやくしっかり種を植えられると思ったら、今度は目の前にレッキスがやって来た。

あれ……角が剣っぽくなっている！

どうやら元々あった黒曜石っぽい角は抜け落ちたらしい。前足でその抜けた角をしっかり持ち、差し出してきた。

予想以上にしっかりした角なので、これでニュトンたちに僕用の槍を作ってもらおうかな。

進化の時は苦しそうな声を出すので僕も目を覚ますんだけど、今回はかなり疲れていたので、レッキスの進化の瞬間に立ち会えなかったらしい。

「起きてあげられなくてごめんね。この角は僕にくれるのかい？」

「クークー」

レッキスは、頷くように頭を少し揺らした。

剣に似た形をした角は、綺麗な銀色だった。

なんとなく気になったので、レッキスの好きなバースニップを新しい角で切らせてみたら、ニュトンたちが鍛えた包丁並みに切れ味が良かった。

うん、これは早めに鞘を作ってもらった方が良いね。頭を撫でたら指が無くなってましたとか、しゃれにならない。

進化に立ち会えなかったせめてもの償《つぐな》いに、僕はバースニップを砂糖とバターと水でコトコト煮て、レッキスの好きな〝バースニップのグラッセ〟を作ることにした。

僕が鍋に向かっていると、昼寝をしていたローズ以外の従魔たちが、食べ物の匂いにつられて起きてくる。

「今、ご飯を作るから待っててね」

僕もまだ疲れが抜けていなかったので、簡単なものにしよう。

名前はわからないけど、肉屋のフラップおばさん直伝の料理だ。

小麦粉と卵、水を混ぜ、そこに最近栽培をはじめたカイランという、葉っぱがたくさん重なった野菜を細かく刻んで入れる。

そうして完成した生地を、窯で熱した鉄板の上に垂らすのだ。

好みで、生地の上に薄切りにした肉なんかを載せ、引っくり返して両面焼けば完成。

簡単にたくさん作れる、僕みたいに従魔がいっぱいいるテイマーには嬉しい料理だ。

それに合わせるのは、卵黄に塩コショウ、酢を加え、最後に植物油を入れながら混ぜてできあがるソースだ。マヨネーズというらしい。

新鮮な卵がないと作れないのが残念なんだけどね。

みんなで遅い朝食……もとい昼食を食べながら、昨日のボス戦の反省などを話し合う。

ニュトンたちは、魔法以外の遠距離攻撃が必要だと身振り手振りで説明していた。

確かに、なぜ僕はあの時弓を使わなかったのだろう。もちろん、僕一人が矢を放つだけではあまり効果はなかったとは思うけど。

でも次回があれば、デーモンソーンに弓攻撃は有効打になるかもしれない。

そんなことを考えていると、再びニュトンたちがジェスチャーで何かを伝えようとしてきた。

ふむふむ、スライムたちにも使える弓があるって？

どうやらニュトンたちは、ゴブリンのコロニーにいた時にクロスボウの生産も考えていたらしい。

ニュトンたちがクロスボウ製作のために、迷宮胡桃とムチカズラの蔓を欲しがったので、それらを渡す。

すると、どうやったのかは知らないが、ムチカズラの蔓は細い糸のようなものに変わっていた。

なになに……〝剣では切りにくいが、実は縦に割けるんだ〟か。ジェスチャーに加えて実演……わかりやすいな。

これなら革鎧を縫う糸としても使えそうだよね。次回の攻略時も採取決定かな。

ブルーさんもなんかジェスチャーしているんだが、こっちはまったくわからないよ……

「あるじ。ぶるーさん、おおきなたて、ほしい」

ボロニーズ凄いな……ブルーさんのあのジェスチャーで通じるなんて。

ブルーさんは盾職を目指しているのか……スライムがなれるかはわからないけど、こういう気持ちは大事だから、僕にできることは協力したいと思う。

せっかくなので、僕もレッキスの抜けた角をショートスピアにしてほしいとお願いした。


朝食が終わると、自由時間だ。

僕はこういう日、決まって無心《むしん》で土いじりをする。

植木鉢に挿し木をしていたヒャクカマドの枝に根が出ていたので、早速リンゴの木の横の土を耕していく。今回はヒャクカマドを植えた周囲に杭《くい》を打ち、円《まる》く囲んでみよう。

リンゴの木の時は、周りをレンガで囲んだのだが、背の低い木の柵というのも、味わいがあってなかなか良いものだ。

こういうことを夢中でやっていると、冒険者ではなく園芸家なんじゃないだろうかと思ってしまうけど、冒険者は仕事で、土いじりは趣味なんだと思う。

畑の隅に植えていた月の袋花もやっと芽が出はじめたようで、成長が楽しみだ。

✽

次の日も、のんびり過ごそうと思っていたら、ドングリとアケビ、テリアとボロニーズ、そしてローズが外に出たいと言いはじめた。

ローズは、まだ幼生体なので従魔の住処で留守番をするように言い聞かせる。

僕は地図を見て考えた結果、今の場所から少し西に進んでみることにした。

同行メンバーは、外で動きたがっていたドングリとアケビ、テリアとボロニーズに、回復役がすっかり板についてきたホワイトさんだ。ホワイトさんはポーチに回復薬をたっぷり入れて、ドングリの背中に乗り込んだ。

最近は、コノザンナを煮て回復薬を作るのを手伝ってくれるなど、ホワイトさんは凄く頑張っている。

小さくて可愛いから僕的にはこのままでもいいんだけど、スライムの中で一匹だけ進化できていないから、少し焦っているのかもしれない。そんなこと気にしなくていいのに。

まあとりあえず、今回はそんなメンバーで外を歩く。

このあたりは〝未開の地〟と呼ばれていて人があまり入らない場所のため、木や岩等の障害物が多く、進むのには時間がかかる。

はっきりわかるのは、大サソリたちの縄張りを出たことくらい。そのため、今まで見なかった牙ウサギと角ネズミをちらほら見かけるようになっていた。

おそらく力の弱い彼らは、魔物たちの縄張りの間、どの魔物も棲みつかない場所を見つけて生活しているのだろう。

アリツィオ大樹海は、本当に不思議な場所だ。

一つの樹海の中に様々な地形、気候が混在している。少し歩くと環境が大きく変わるといったことも多々ある。

どこにあるのかはわからないのだが、アリツィオ大樹海の中には海みたいに巨大な湖や年中雨や雪が降り続く森、それに砂漠という砂が続く大地まであるのだという。

まだ見ぬ景色に思いを馳《は》せながら歩き続けているうちに、いつの間にか牙ウサギや角ネズミは見なくなり、地形が大きく変わっていた。

太い木や岩がだんだん少なくなり、地面がぬかるみ、小さな水溜りが増えてくる。遠くから〝ゲーゲーゲーゲー〟と複数の生き物の鳴き声が聞こえてきた。

この声はカエルだ。アリツィオ大樹海の中だけに、普通の種類ではないと思うが……僕は少し興奮していた。

以前町で食べたジャイアントトードというカエルの魔物。滅多に獲れないので少し値段は高めだったのだが、その肉は鶏肉に似た感じで美味しかったのだ。

小麦粉をつけて、油で揚げた唐揚げと呼ばれる食べ物は絶品で、レモンの実を少し搾るとなお美味しく、今もその味は忘れられない。

特にもも肉が美味しいと話していたな。あの味は思い出しただけで、お腹が鳴ってしまうよ。

そんなふうに考えていたら、急に〝ザアアーーー〟という音が森中に響き、一気に大粒の雨が降りそそいだ。

カエルたちの鳴き声は、この雨を知らせるものだったのかもしれない。

僕たちは唐揚げを泣く泣く諦め、雨を避けるために従魔の住処へと戻った。

僕から唐揚げの楽しみを奪うように、雨はその後二日間降り続いた。

従魔の住処は外に出れば、僕の聞いた音が中の従魔たちにも聞こえるのだが、中にいると外の音は一切聞こえない。僕は天気を確認するたびに外に出ては雨に濡れた。

しかも、普通の雨でなく土砂降りだ……

唯一楽しみなことといえば、雨上がりだからこそ出会える珍しい魔物や動物、植物たちだ。

天気の精霊や妖精といったものもいるらしく、凄く大きな力を持っている種が多いそうだ。

もちろん従魔にできるとは思わないので、遠くから見てみたいという好奇心だけだけどね。


ようやく雨がやんだ朝。

「みんな、今回の狩場には、おそらく唐揚げという食べ物に向いている食材がいます。前に僕が買ってきたからみんなもその味はわかるよね？　張りきって狩りましょう」

僕の言葉に、みんなが拍手で応える。

従魔ってテイマーの影響を受ける気がするんだよね。会った頃はここまで食べ物に反応を示さなかったし。

ちなみに、フローラルとレモンとローズは土からの栄養が一番らしく、食事はとらない。その一方で、同じ妖精なのにニュトンたちは普通にご飯を食べるから不思議なものだ。

しかも、ニュトンたちは唐揚げを食べたことがないのに、一番張りきっているようにも見える。

それに、この二日間の雨のおかげで、従魔の住処にこもって武器作りに没頭できたようで、完成したクロスボウと専用の矢を入れた矢筒を背負い気合十分だ。

目当ては唐揚げじゃなくて、単にクロスボウを試したいだけなのかな？

クロスボウの利点は、弓に比べて扱いやすいことと、力がない者でも強い矢を撃てることだ。欠点は構造が複雑なため壊れやすいのに加え、連射が難しく小さなものだと距離が出ない。

カエル系の魔物の体の表面は粘液《ねんえき》で覆われているので、剣や鈍器のような斬ったり叩いたりする武器には耐性がある。

しかし、弓や槍など刺す武器には弱い。そういった意味でもクロスボウは、今回の狩りにぴったりだ。

まあ鈍器でも、刺が付いたモーニングスターみたいな武器は例外だけど。

ニュトンたちと並び、なぜかグリーンさんまでクロスボウを持って気合十分なのは、気にしないでおこう。

この雨の二日間で、明らかにスライムたちの個性が強くなったように思う。

ブルーさんは、体がすっぽり隠れそうな大きさの迷宮胡桃で作ったラウンドシールドを持っているし、レッドさんは役に立つのかわからない不思議な兜《かぶと》を頭に載せ、ショートスピアを持っている。

僕がレッキスの抜けた角で作ったショートスピアを見て、レッドさんも欲しくなったのだろうか……僕のはもう少し長いけどね。

ホワイトさんは、商売をはじめる気かな？　手押し車にたくさんの回復薬の瓶を入れて押しているんだけど……うーん、ぬかるんだ地面にあれは、どうなんだろう。

凄く張りきってるみたいだし、一度やらせてみてもいいのかな？

留守番がローズ一人だと寂しがるので、フローラルとレモン、それに体についた泥を落とすのが大変そうなドングリ、アケビ、レッキスも置いていこうとしたら——

魔物になったとはいえ、犬っぽい生き物は泥と戯れるのが好きなようで、ドングリとアケビの一緒に行きたいアピールに、最後は僕が折れた。

そんな感じで挑むジャイアントトードには、食べる以外にもいろいろと用途がある。

皮が防水性と伸縮性に優れているため、今回みたいにぬかるみの多い地面や水辺での狩り用に、長めのブーツも作れそうだ。

あとでニュトンたちに聞いてみよう。


早速従魔の住処の外に出ると、雨上がりで、至るところに水溜りがありぬかるんでいる。

ドングリとアケビはそれを見て、本能のままに泥の中を転がりはじめた……うん、帰ったら洗ってあげよう……

なんてやっていたら、今度は予想通り、ホワイトさんの手押し車が泥にはまり、動けなくなっていた。ヨイショヨイショと頑張って脱出を試みるホワイトさん。

可愛いけど、ホワイトさんの体が泥だらけで僕は少し泣きそうになっているよ。帰ったら色々と大変だなあ。

いったん従魔の住処に戻り、手押し車からいつものポーチに回復薬を移し替えて再出発する。

気を取り直して歩いていると、大きなカエルが三匹、飛び跳ねて向かってくるのが見えた。あのカエルの魔物は肉食なので、僕たちを獲物と認識したのだろう。

武器を構えてカエルに向かおうとするのを、ニュトンたちとグリーンさんに止められた。

ニュトン三匹が先にクロスボウでカエルに狙いを定め矢を放つ。三発中二発が命中し、矢を受けたカエルの動きが明らかに悪くなる。

さらに、ニュトンとグリーンさんが入れ替わり、無傷のカエルに向けて矢を放った。

ニュトンたちとグリーンさんは、連射のできないクロスボウの弱点を補うために、前後で入れ替わりながら矢を放つ作戦を立てたらしい。

賢い……ニュトンたちとグリーンさんのどっちが考えたのかな。

クロスボウの攻撃で動きの鈍くなったカエルに、僕たちはとどめを刺していく。

今回は素材としてカエルの皮が欲しかったため、できるだけ頭を狙うようにして、皮につく傷を最小限にした。

倒したカエルの死体に『鑑定』を使うと、〝ジャイアントトードの死体〟と出た。

どうやら、唐揚げの材料になるカエルの魔物で間違いないようだ。

その後も、ある程度ジャイアントトードを狩ると、従魔の住処に戻って早めに解体に移る。

泥だらけのドングリとアケビは、妖精の泉の水を頭からかけて洗い流した。

使ってもすぐに水が湧く泉は万能なんだけど、最近そのありがたみを忘れがちになっているんだよね……もっと感謝して使わないと。

さて、早速ジャイアントトードの皮の加工だ。

カスターニャの町に当分帰らないことを考え、自分たちで必要なものを作れるように、様々な品を買い込んである。

〝ルパルパの木の粉〟もその一つだ。

ルパルパの木は、アリツィオ大樹海の東の方で採れる魔力を持つ木で、それを乾燥させ粉末にして水に溶けば、防腐効果のある鞣し剤として利用できるのだ。

その液体に先ほどの皮を浸しては、僕も使える共通魔法の『定着』と『乾燥』をかける。その工程を何度も何度も繰り返すことで皮から革にしていく。

実際のブーツ作りはニュトンたちが任せろと言うので、そこからは彼らに一任し、僕は唐揚げ作りに集中することにした。

ジャイアントトードのもも肉を食べやすい大きさに切り、塩コショウを振り、酒と臭みを消すハーブと一緒に、木の器に入れて少し寝かせる。

その間に、僕は残ったジャイアントトードの肉をスライムたちと一緒に切り分け、抗菌作用のある葉っぱに包んで冷凍庫に入れた。

寝かせ終えて取り出したもも肉に小麦粉をまぶし、温めた植物油が入った鍋に入れる。

一度取り出して、さらに温度を上げもう一度油の中へ。こんがり揚がれば、とってもジューシーな〝ジャイアントトードの唐揚げ〟の完成である。

好き嫌いもあるので、レモンは唐揚げを個々の皿に載せてから搾るようにみんなに注意する。

従魔の多くが唐揚げを気に入ったみたいで、明日も作ってほしいと懇願された。

✿

この日の夜、ニュトン五匹がまとめて進化した。

今回わかったことなのだが、進化すると僕らでいうクラスのようなものが付与されることもあるらしい。テリアとボロニーズもそんな感じだったしね。

僕たち人間も自分のクラスを極めると新たなクラスを得ることもあるので、それと似たようなことなのかもしれない。魔物の場合は、体が大きくなったり色が変わったり角が生えたりするけどね。

ちなみに、僕がよくしてもらっているBランク冒険者のグザンさんのクラスは〝ハイウォリアー〟で、ウォリアーを極めた人が稀になれるクラスらしい。さすが、我が町のトップ冒険者だ。

なお、テイマーの上に新たなクラスがあるかは謎です……

ニュトンたちは、五匹とも仲良く〝ニュトンアーチャー〟という種族に進化した。

見た目はまったく変わらず、顔も五つ子かよというクオリティー。

僕に五匹の見分けがつく日が来るのかは不安なところだ。ちゃんとそれぞれ名前で呼んであげたいよね、家族なんだし。

ニュトンたちは、その日のうちにジャイアントトードの革を使い、みんなの分のブーツを作ってくれた。それで、テリアとボロニーズが〝ながぐつ、ながぐつ〟と喜んでいた。

美味しいものも食べたし、明日は少し頑張って中域寄りの探索をしてみようかな。

✽

その翌日、唐揚げを朝から作ってくれとリクエストを受けてしまった。

僕的には朝から脂っこいものは避けたかったんだけど、ボロニーズから〝あるじ、からあげ、まよねーず。ためすべき〟との声が。

結局、僕もみんなと一緒にマヨネーズをかけた唐揚げで朝食だ。

うん、マヨネーズは良く合うね。でも……やっぱり唐揚げは夕飯が良いな。


今日は、ダンジョンと同じくらい楽しみにしていた、中域探索へ向かう。

ローズが蕾《つぼみ》をつけて成長したからと同行を強く希望していたが、僕は〝成体になってからね〟と言い聞かせて、従魔の住処でのお留守番をお願いした。

浅瀬以上に慎重に行く必要があるため、今回もメンバーを絞った。

魔法の使えるフローラルとレモンに、中域でも力負けしなそうなテリアとボロニーズ。

感覚に優れたドングリとアケビ、ニュトンのダモルトと、スライムのホワイトさんが参加することになった。

ドングリの背中にはフローラルとホワイトさんが乗り、アケビの背中にはレモンとダモルトが跨った。

ニュトンたちは見分けがつかなかったので、五匹を見ながら〝ダモルトは参加お願い〟と言ってみたところ、ダモルトと思われるニュトンが一匹前に出てきた。

早く見分ける方法を考えねば……

そんなメンバーで従魔の住処を出て、ぬかるんだ道を南へ進む。

途中ジャイアントトード四匹と遭遇したけど、フローラルとレモンの魔法で苦戦せずに倒せた。

「あるじ。まもの、すくない」

テリアが呟くように言う。

「本当だね……もっと色々な魔物に出くわすかと思ったんだけど、牙ウサギや角ネズミの姿も見えないね」

（主様、魔物がいないことにも注意しなければなりませんぞ）

疑問符を浮かべる僕に、フローラルが忠告する。

「うん、これだけ魔物が少ないのは逆に変だよね」

僕は、従魔の中でも感覚の優れたドングリとアケビに目を向ける。二匹とも見えない何かの気配を感じているのか、その顔は緊張しているように見えた。

それから、浅瀬と中域の境界を越えるまで何事もなく歩いていく。境界線を越える時の魔力が体を通り抜ける感覚は、体全体に電気が走ったみたいでとても不思議だった。

「あるじ、びびっときた」

「うん、中域の境界線を越えたみたいだね」

僕とボロニーズが体をさする。レモンが首を傾げた。

（中域に入っても、魔物の姿が見えませんね……）

僕たちが中域に入っても魔物の姿は見られなかった。これだけ静かだと逆に不安になってしまうものだ。

そのまま森の中を歩き続けると、僕たちの目の前に濃い霧の壁が現れた。

地面に線を引くようにまっすぐ延びる霧の壁……それは、どこまで続いているのかまったく見当がつかないほど広範囲に広がっていた。

（主様、どうされますか？）

フローラルの声に、僕はちょっと思案してから答えた。

「霧が僕たちのいる北側に動いているようには見えないし、木には悪いけど目印を付けて、霧の壁の切れ目がないか探してみよう」

僕は従魔の住処から白い塗料とハケを持ち出す。

霧の範囲が変わる可能性も考え、多少バラツキはあるものの、霧の近くからおおよそ五メートル感覚で、木に順番に数字を書いていく。

これで霧がどこまで広がったか、あるいは狭まったかがわかるはずだ。

この白の塗料は植物から作ったもので、これなら匂いで魔物に気が付かれることもなければ、植物を傷めることもない。

「これで、万が一、霧が広がっても大丈夫かな」

(霧の切れ目が見つからない時はどうしますか？)

「初めての中域探索だし、あまりにも広い場合は一度戻ろう」

僕は若干不安そうなレモンに笑ってみせた。

霧の中から急に魔物が襲ってくる可能性も考え、霧から程よく距離を置いて歩く。


歩きはじめてから二キロちょっとは来ただろうか？

そこには大きな岩山があり、斜面が急で登ることもできず、それ以上は先に進めなかった。僕たちは進むのを断念して、最初に木に目印を付けた場所まで引き返した。

戻った僕たちは、木の印を確認して霧の範囲に変化がないことを確認すると、盾を構えたボロニーズを先頭に霧に近づいてみた。霧の壁まであと五メートルという距離まで来た時、霧がボロニーズの体に合わせて変化した。

(主様、あの霧の壁から魔力を感じますわ)

レモンの報告に僕も首を縦に振る。

「霧が動いたように見えたね……もう少し進んでみよう」

ゆっくり、少しずつ霧の壁に近寄る。どうやら近づいた者から半径五メートルくらいの霧が、円形に晴れる仕組みらしい。

（この霧は、この土地が魔力で発生させているようです）

何かを感じ取ったのか、レモンが呟くように言う。

「アリツィオ大樹海は不思議だ……近づくと霧が晴れて離れると元に戻るなんて」

（はい。それとこの霧が影響してか、中の気配を感じにくい気がします）

「気を付けながら調べないとね」

僕たちはお互いの体をロープで繋ぎ、晴れていた霧が急に戻ってもはぐれないよう準備して、霧の壁の中を少しだけ調べてみることにした。

お互いの距離の幅を四メートルほどにして、できるだけ広い範囲を見渡せるように進む。壁の外にはドングリとアケビとホワイトさんが残り、何かあった時にはロープを引いてほしいとお願いした。

視界の狭い霧の中での活動は、周りが見えない恐怖、また四方に意識を向けなければならないという緊張のせいで、十メートルも進んでいないのにひどく疲れた。

「思った以上に消耗しちゃうね……戻ろうか」

しかしその時、霧の中から急に複数の気配が近づいてくるのがわかった。

魔法の霧の影響なのだろう。僕たちは魔物がすぐそこまで来ていることに気付かず、接近を許した。

（主様、来ます）

レモンの声に身構えた瞬間——

霧を突き破るように長い首を突き出した魔物が吠えた。その声にデーモンソーンの時みたいな精神干渉はないものの、強い威圧感がある。自分より強い生き物から受けるプレッシャーのようなものか。

鳥にも蜥蜴《とかげ》にも見える首の長い魔物が三匹——体には緑と赤い羽毛に鱗《うろこ》が混ざり、その口には鋭い牙が並んでいる。二足歩行で手足は鳥に似ている。足には一本だけ巨大化した大きな爪がついていた。

三匹は走っていたそのままの勢いで突っ込んできて、一匹はそのままボロニーズに頭から体当たりする。

ボロニーズはそれを正面から受け止めようと、ホプロンを両手で持ち両足に力を入れ踏ん張る。だが、魔物の力は強く、ボロニーズはそのまま後方に吹き飛ばされてしまう。

しかし、お互いの体をロープで繋いでおいたのが幸いした。

テリアがしっかりとロープを握っていたおかげで、ボロニーズの体が遠くに飛ばされるのを防げたのだ。

二匹目の突撃は、フローラルとレモンの『エアーシールド』でなんとか止める。

けれど三匹目は、体を回転させて長い鞭のような尻尾で僕たちを薙《な》ぎ払おうとする。

こっちも必死だ。

僕は槍を使って魔物の長い尻尾を受け流そうとするが、体ごと吹き飛ばされてしまう。

全身に激痛が走って声が出ない。

(逃げましょう、主様。勝ち目がないです)

フローラルシャワーが『ファイアーストーム』の魔法を唱えると、魔物の一匹を炎の嵐が包み込んだ。大半の動物や魔物は火を恐れる。炎に包まれた一匹と、すぐ横の一匹が動きを止めた。

霧の外では異変を察知したドングリとアケビが、地面に転がる僕らを外に出そうと、ロープを引っ張っている。

残りの一匹は、鋭い爪のついた足を伸ばして止めようとしてくるが、テリアがその足をファルシオンで斬りつけた。魔物の皮膚はかなり硬いみたいで、テリアの剣は薄皮一枚を斬れたかどうかだった。

魔物はテリアを蹴り上げようと、さらに足を伸ばす。

今度はボロニーズがテリアのロープを引き、直撃は避けたものの、爪が掠《かす》ったテリアの肩は裂け血が噴き出す。

ボロニーズがロープを引かなければ、テリアは腕を失っていただろう。

その後は、ドングリとアケビ、そして一緒にいたボロニーズが、僕らを霧の壁の外に一気に引っ張り出してくれた。

どういう仕組みなのかはわからないが、あの魔物たちは霧の外には出られないらしい。僕たちはなんとか命拾いした。

ホワイトさんは、魔物の爪で切り裂かれたテリアの肩に、回復薬をかけている。

僕も腰に付けたカバンから回復薬を取り出し、口の中に流し込んだ。

……完敗だ。生きているのが、せめてもの救いだろう。

僕は、少し調子に乗っていたんだと思う。強い従魔ができて自分も強くなった気でいたんだ。

霧の中で魔物に襲われても、なんとかなるって……

魔物の大きさは三メートルくらいだっただろうか？

力は強く、大きな爪は下手な剣より鋭かった。僕は自分の体にくっついていた、一枚の鮮やかな緑の羽に気が付いて『鑑定』を使う。

――スピキオニクスの羽。

僕の初めての〝恐竜種〟との出会いは、散々なものだった。

＊

アリツィオ大樹海中域の洗礼を受けた僕たちは、スピキオニクスとの戦闘による怪我で四日ほどの休養を余儀なくされた。

吹き飛ばされて足を骨折した僕と、肩に大きな裂傷《れっしょう》を負ったテリアは、ホワイトさんが付きっきりで看病してくれた。

食事もブルーさんとグリーンさん、レッドさんたちが、コック帽をかぶって頑張ってくれたので、僕にとっては本当の意味でのお休みになった。

しかしコック帽……うん、形から入るのも大事だよね。

僕たちのお世話が引き金になったのかはわからないが、ホワイトさんが念願の進化を果たした。

進化の仕方を選べるスライムであるホワイトさんは、大きくなるよりも特殊能力を選んだ。

それに伴って種族がヒールスライム——触れた相手をちょっとだけ回復してくれる、文字通り癒し系スライムになった。

大きさも見た目も変わっていないので、膝の上に乗せるとひんやり気持ちよくて心身ともに癒されます……

（主様、今日も見に行くんですか？）

「うん、だって恐竜だよ！　もっとじっくり見たいじゃないか。あの霧だって晴れる日もあると思うんだよね」

レモンの言葉に、僕は興奮を抑えきれずに答えた。

体が動くようになってからというもの、僕たちは頻繁に霧の壁を見に行っている。

体調が万全じゃないから、ぼーっと見ているだけなんだけどね。

霧の壁の中にいる恐竜の気配を恐れてか、他の魔物が出てくることもないし、のんびりとした時間を過ごしている。

霧の壁を見張りはじめてからもう三日目。

僕たちは従魔の住処からニュトンたちが作ったテーブルセットを取り出し、それを霧の壁の前に置いて、みんなでお茶の時間を楽しんでいた。

そんな時――

今まで晴れることのなかった霧がついに消え、僕たちの前に不思議な世界が現れた。

目の前に広がっていたのは――今まで見たことがないような植物が溢れる、大湿原。木の高さは全体的に低く、シダ系の植物が多い。

「あるじ。あっち、きょうりゅう、いっぱい」

「あっち、あっちにも、すごいねー」

テリアとボロニーズも興奮した声を発する。

「うん、本当に凄いね……これを見られただけでも待った甲斐があるよ」

僕はこの景色をみんなにも見せたくて、普段外出を禁止していたローズをはじめ全員を外に出した。

(お父様、あれを見てください！　大きな蜥蜴《とかげ》がたくさんいます)

ローズも楽しそうに声を弾ませる。

さらに向こうが見たくて、僕たちは少し高い場所に移動するも、大湿原は広すぎて全てを見渡すことはできなかった。

けれど、見渡せる範囲でも恐竜と思《おぼ》しき魔物の数は多く、中には僕の体より小さな恐竜も、多数見られた。

別の個体かもしれないが、僕たちを襲ったスピキオニクスの姿もある。

スピキオニクスは中域でも、浅瀬に近い場所に生息する恐竜のようだ。あれでも恐竜の中では、弱い方なのかもしれない。

「きょうりゅう、かっこいい」

「こんどは、かつ」

テリアとボロニーズが、恐竜に強い関心を抱いたみたいだ。男の子はああいうの好きだもんね。僕もよくわかる。

フローラルとレモンは大湿原に育つ植物への興味を示し、ニュトンたちは恐竜の皮や牙、骨といった素材で何が作れるかを僕に力説している。ニュトンたちはジェスチャーだけど。

ドングリとアケビは大湿原でも寝転がりたそうにしているなー……

レッキスとスライムたちは……うん、何を考えているかまったく想像がつかないや。

恐竜の素材はとても貴重で、貴族たちの間で高値で取引されているものも多い。この大湿原の情報だけでも欲しがる冒険者は多いだろうな……

ダンジョンと違って報告は絶対じゃないけど。

「あとは霧がどういう条件で晴れるかだよね……それと、この晴れた状態がいつまで続くのか」

(主様、日が落ちる少し前にもう一度来てみましょうか)

レモンの提案に僕は頷いた。

「そうしよう。そういえば、今日は何曜日だったっけ？　町に戻らないと曜日感覚がわからなくて。毎週同じ日に晴れる、とかなら楽なんだけどね」

こういった特別な土地は、発見者が地名をつける権利があるから、もし、報告するなら名前は

〝太古《たいこ》の大湿原〟にしよう。

冒険者ギルドに報告する前に〝太古の大湿原〟を探索して、できれば生息する恐竜や植物の種類を調べたいな。

それから日が沈むまで僕たちは、食料調達のためにジャイアントトードの縄張りまで戻ってカエル狩りをする。

そして頃合いを見て再び大湿原に向かった。晴れていた霧は日が暮れるのに合わせて少しずつ濃くなり、日が落ちる頃には、元の霧の壁に戻ってしまった。

町を出てから毎日日付を記録していたカレンダーを確認した僕は、今日が金曜日なのを知った。

偶然かもしれないけど、次の金曜日もここに来て確認しようと決め、従魔の住処へ帰った。

✽

（……さま、お父様！　起きてください）

まだ太陽が昇る前、ぐっすり眠っていた僕は、ローズの念話で目を覚ました。

葉を手のように使い、蕾を大きく膨らませたローズが僕の体を揺らしていた。僕以外に誰も起きていないことから、僕だけに向けて念話を飛ばしていたのだろう。

僕はみんなを起こさないように、声を小さくしてローズに話しかける。

「ローズ、おはよう。まだ夜明け前じゃないか……どうしたんだい？」

従魔の住処は薄《うっす》らと白んできてはいるものの、日が昇るまでには、あと一時間はかかるだろう。

（お父様、起こしてしまいすみません。でも私、花が開く時はどうしてもお父様に見てほしかったんです）

どうやらローズの開花が近いらしい。

僕が起きるまで咲くのを堪《こら》えていたのだろう。ベッドの上でローズはプルプル震えながら蕾を少しずつ膨らませていく。

その姿に僕は、生まれたばかりの子鹿を思い出していた。ローズに怒られそうなのでもちろん口には出さないけど。

目の前でどんどん膨らんでいく蕾。

膨らむというよりは一気に大きくなっていく感じだ。すでに僕の背よりも大きい。

緑色だった蕾は少しずつ赤色に変わり、蕾の中に入ってしまったのか、葉も足のような根もいつの間にかなくなっている。

真っ赤な球体だけが僕の前に残った。

ローズのうるさいくらいの念話も聞こえなくなり、少しだけ心配になる。僕は〝頑張れ〟という想《おも》いを込めて、蕾を優しくゆっくり撫で続けた。

その時、蕾の中で何かが動いた。蕾というか、卵と言った方がぴったりな気もする。

そのうち、また生まれたての子鹿のように震え出し、赤い球体から花びらが少しずつ開いていく。

蕾の中からは――女の子が現れた。とても綺麗な女の子だ。

下半身は緑色のタイツを穿いているかのような、緑色の艶《あで》やかな脚がまっすぐに伸び、腰からは真っ赤な花びらのスカート（？）が咲いている。

髪と瞳はバラみたいに真っ赤で、短い髪の毛先には少し癖がある。

そして上半身は裸で……

「えぇ！」

僕は固まってしまった。

ややあってなんとか胸の鼓動を抑え、冷静さを取り戻そうとする。

(お父様、やっと私も成体になれました。これからは一緒に旅ができますわ)

「う、うん……」

嬉しそうにローズは僕に抱きついてくる。

……服、そうだ、服を着せないと！　あと下着か……女性ものなんてないよな。うん、早速作ろう。

僕はとりあえず、自分のベッドに置いてあったシーツで彼女を包み〝女性は人前でむやみに裸になってはいけないよ〟と強く言う。

〝下着と服を作るからそれを着てほしい〟とも。

なぜか渋るローズに僕は、せめて胸だけは隠してほしいと、その場で土下座までした。

それでもローズは首を縦に振ってくれない。

僕が真っ赤になりながら〝ローズみたいな可愛い娘が裸で目の前にいたら、僕はドキドキして動けなくなっちゃうんだ〟と恥ずかしいセリフを言ったことで、やっと嬉しそうに〝わかりましたわ〟と承諾してくれた。

(でも、お父様。さっき、ずっと私に直に触れて撫でていたじゃありませんか)

僕は本気で固まってしまった。

頭を壁に打ちつけて、記憶を全て消してしまいたい気分だ。まあ、過去の記憶もこの前までなくなってたんだけどね。

僕はその後、みんなが起きるのもお構いなしに、憑《と》りつかれたようにローズの服と下着を無心で作り続けた。

鎧とブーツはニュトンたちが起きたらお願いしよう。

できあがった服を見たローズは〝お父様に全て作っていただけるなんて〟と感激し、それ以降は僕の前で裸で歩き回ることはなくなった。よかったよかった。

成体になったアルラウネは槍の名手だった。

可憐な少女の風貌で、ニュトンたちが作った扱いの難しい〝ポールウェポン・スコーピオン〟を使いこなす。この武器は突き、叩き、引き倒し、叩き斬るといった多用途なのに、凄いな……

また、狭い場所での戦闘に有効な斧――クレセントアックスを、軽々と使いこなす姿には、見ている僕たちが圧倒されてしまった。

どちらも三キロ以上はある武器なのに、両手にそれぞれ武器を持っても、短剣でも扱うように軽々と振り回すのだ。

このままだと、ローズ一匹に頼りきりになっちゃう。新しいダンジョンを探して、僕たちも強くならないと。

新しい仲間ができた喜びと、これからの探索に向けた決意を胸に、僕は今後の計画を練るのだった。

✽

リレイアスト王国王都リオリス――

第一兵営内に、兵士長プリョドール率いる第五兵団が使う兵舎《へいしゃ》がある。

複数の兵団が交代で国内を巡っているため、兵舎は一時的な家でしかなく、多くの兵士たちはそこにあまり愛着を持たない。

しかし、プリョドールの側仕えの少年モーソンは違った。

ベッド、机にテーブル、小さなクローゼットがあるだけの狭い部屋。モーソンにとって、その狭くて何もない部屋が、初めての自分だけの空間だった。

「おい、モーソンいるか？」

机の上に吊るした明かりを頼りに本に夢中になっていると、誰かが部屋のドアをノックしたことで、モーソンの意識は現実に引き戻された。

モーソンは本を置き、ドアを開ける。

部屋の前に立っていたのは、同じ部隊に所属するダンブロージオだった。

「休んでいるところ悪いな」

「ダンブロージオさん、どうしました？」

ダンブロージオは第五兵団の古株《ふるかぶ》の一人で、プリョドールとは彼が兵士長になる前からの付き合いだった。

モーソンは、自分より背の高いダンブロージオを見上げる。

「本を読んでいただけですから、気にしないでください」

「こんな狭い部屋のどこがいいのかわかんないが、お前は部屋にいるのが好きだな」

そう言うダンブロージオの顔は本当に不思議そうだった。部屋で一人で本を読む者は、兵団では珍しいのだ。

「落ち着くんです、ここにいると」

「まー好みは人それぞれだからな。そうだ、モーソン。兵士長が呼んでいたぞ」

「わかりました、すぐ行きます」

モーソンは読みかけの本にしおりを挟んで、机の引き出しに仕舞った。

それから広い兵営内を五分くらいかけてプリョドールの部屋まで歩き、ドアをノックする。

「兵士長、モーソンです」

「おう、鍵はかけていないから、入ってこい」

モーソンが中に入り、お茶の準備をしようとすると、プリョドールは〝ここに座れ〟とソファーを示した。

「それほど長くはならんからな。まっ、お前が飲みたいんなら茶を淹れてもいいぞ」

プリョドールはそう言って悪戯《いたずら》っぽく笑う。モーソンは飲み物より、なんで急に呼び出されたかの方が気になっていた。

「いえ、僕も大丈夫です」

「そうか……すまんな、急に呼び出して」

緊張して背筋を伸ばしたモーソンだったが、プリョドールとしても特に用事があったわけではない。彼は普通に話がしたいだけだった。

「随分、訓練を頑張っているみたいじゃないか。そんなに必死にならなくても次のゴブリン討伐には、お前もきちんと連れていくぞ」

「ありがとうございます。でも、練習しないと不安なんです。僕は一度捨てられていますから……」

彼は十歳を迎えた年に、必要ない人間として村から捨てられた。

だからこそ、この第五兵団に来て自分の居場所を見つけてからは、やれることをできるだけ頑張りたいと思っていた。

第五兵団の仲間たちはとても優しく、〝あまり無理はしなくていいんだぞ〟といつもモーソンに声をかけてくれていた。

「モーソン、俺はな……お前には十分才能があると思っている。お前は世辞《せじ》で俺がそう言っていると思うのかもしれねぇーが、これは俺の本心だ。それにお前の幼馴染、ルフトって言ったか、大したやつじゃねーか。リレイアスト王国の上の連中の、テイマーへの考えを引っくり返そうとしてるんだぜ？　お前だってそうだ。きっと、あの村の大人たちに見る目がなかっただけなんだよ。十一歳でこの兵団に一人前と認められたのはお前が初めてなんだ。胸を張れ」

ルフトはモーソンの大切な幼馴染だ。モーソン自身覚えていることは少ないけれど、ルフトが彼らのリーダー的な存在だった……ような気がしていた。

体は小さかったけど、とても物知りで、みんなを引っ張ってくれていた。たとえクラスがテイマーでも、ルフトは村の役に立てたのではないか。

「俺は、それだけを言いたくてな。あんま無理するなよ」

プリョドールは最後にそう言って笑うと、モーソンに袋に入ったクッキーを持たせた。モーソンが袋を少し開けて匂いを嗅ぐと、バターのとてもいい香りがした。

普段モーソンが食べられないような高級なお菓子だ。これを独り占めするのは申し訳ないと思い、モーソンは兵団のみんなで分けようと滅多に行かない休憩室へ歩き出した。休憩室のドアは開いていて、中から兵士たちの賑やかな声が聞こえてくる。

すぐ中に入ろうとしたが、モーソンは聞こえてくる話の内容に足を止め、ドアの陰に身を隠した。

「モーソンは、ガキなのによく頑張っているよな」

「あー、そのうちみんな追い抜かれちまうぜ」

「モーソンの成長のためにも、俺らがもっと頑張らないと」

「でも、あいつ、少し頑張りすぎじゃないか？　見ていて可哀想になってくるぜ……あいつは十分優秀なのによ。名も無き村だかなんだかわかんねーけど、むかつく」

「おい、その名前は出すな」

「けどよー、あんないい子を捨てるなんて、あんまりじゃないか。あいつには才能があるんだ」

　すると、一人の兵士が声を潜めて話し出す。

「あのな……ここだけの話だが、名も無き村にはある噂があってな。モーソンは〝年に一度、十歳になった役立たずの子供たちが国に売られていく〟って話していたが、名も無き村の子供たちが最後にこの国に来たのは七年も前なんだ。ここからが重要なんだが、貧しい村で役立たずが売られていくってのは、全部作られた記憶なんじゃないかってな」

「どういうことだよ、それは」

「記憶すら消されちまうような村だぜ。記憶がいじられていてもおかしくはないだろう。どうやってるのかは知らんが、赤ん坊を集めて魔法や薬で優秀になるように育てて、そいつらを色んな国に売っているんじゃねーかって言われてんだ。俺も信じてなかったんだが、モーソンだけじゃなく、カスターニャの町のテイマーや天才宮廷魔術師のことを聞いているとな……その噂は本当なんじゃねーかと……」

　モーソンは、足音を立てないように自分の部屋へと戻った。ドアに鍵をかけると、椅子に座って頭を抱える。

あの話は、なんだったんだ……
自分に微《かす》かに残された記憶すらも、作られたものだったのだろうか。
——ルフト、早く君に会いたい……
モーソンは心の中で何度も呟いた。

勇者召喚に巻き込まれて異世界に転移した青年、ユウキ。彼は『アイテム使用』といういかにもショボい名前のスキルを授かったばかりに、城から追い出されてしまう。ところがこの『アイテム使用』、使ったアイテムから新しいスキルを得られるとんでもない力を秘めていた!! 防御無視ダメージの『金貨投げ』や、身体の『鉱物化』『空間転移』など、様々な便利スキルを駆使して、ユウキは自由気ままな異世界ライフを目指す!?

◆定価:本体1200円+税　◆ISBN 978-4-434-27242-4

◆Illustration:にしん

闇精霊に好かれた精霊術師
Yamiseirei ni sukareta seireijutsushi
著 お茶っ葉 Ochappa
ダンジョンで見捨てられた駆け出し冒険者、
気まぐれな闇精霊に気に入られ……
今代唯一の“精霊使い”になる？

闇精霊に好かれた精霊術師
お茶っ葉
ダンジョンで見捨てられた駆け出し冒険者、
気まぐれな闇精霊に気に入られ……
今代唯一の“精霊使い”になる？

作品に対する皆様のご意見・ご感想をお待ちしております。

おハガキ・お手紙は以下の宛先にお送りください。

【宛先】

〒150-6008 東京都渋谷区恵比寿4-20-3 恵比寿ｶﾞｰﾃﾞﾝﾌﾟﾚｲｽﾀﾜｰ 8F
（株）アルファポリス　書籍感想係

メールフォームでのご意見・ご感想は右のＱＲコードから、
あるいは以下のワードで検索をかけてください。

アルファポリス　書籍の感想　検索

ご感想はこちらから

本書はWebサイト「アルファポリス」（https://www.alphapolis.co.jp/）に投稿されたものを、改題・改稿のうえ、書籍化したものです。

落《お》ちこぼれぼっちテイマーは諦《あきら》めません

たゆ

2020年 3月 31日初版発行

編集－今井太一・芦田尚・宮坂剛
編集長－太田鉄平
発行者－梶本雄介
発行所－株式会社アルファポリス
〒150-6008 東京都渋谷区恵比寿4-20-3 恵比寿ｶﾞｰﾃﾞﾝﾌﾟﾚｲｽﾀﾜｰ8F
TEL 03-6277-1601（営業）　03-6277-1602（編集）
URL https://www.alphapolis.co.jp/
発売元－株式会社星雲社（共同出版社・流通責任出版社）
〒112-0005東京都文京区水道1-3-30
TEL 03-3868-3275
装丁・本文イラスト－スズキ
装丁デザイン－AFTERGLOW
印刷－中央精版印刷株式会社

価格はカバーに表示されてあります。

落丁乱丁の場合はアルファポリスまでご連絡ください。

送料は小社負担でお取り替えします。


ISBN978-4-434-27265-3 C0093